Assia Djebar

Frau ohne Begräbnis

Assia Djebar

Frau
ohne Begräbnis

Aus dem Französischen von
Beate Thill

Unionsverlag

Die Originalausgabe erschien 2002 unter dem Titel
La femme sans sépulture bei Éditions Albin Michel, Paris.
Deutsche Erstausgabe

Im Internet
Aktuelle Informationen,
Dokumente, Materialien
www.unionsverlag.com

© by Assia Djebar 2002
© by Unionsverlag 2003
Rieterstrasse 18, CH-8027 Zürich
Telefon 0041-1-281 14 00, Fax 0041-1-281 14 40
mail@unionsverlag.ch
Alle Rechte vorbehalten
Umschlagbild: Jules Migonney, »La fumeuse de kif«, Algier, 1910
Druck und Bindung: GGP Media, Pößneck
ISBN 3-293-00308-7

Für Claire Delannoy,
in Zuneigung

Vorbemerkung

In diesem Roman sind alle Tatsachen und Umstände über Leben und Tod Zoulikhas, der Heldin aus der Stadt meiner Kindheit, Cherchell, während des algerischen Unabhängigkeitskampfes aufgezeichnet, und zwar mit der Sorge um historische Genauigkeit, in dokumentarischer Absicht.

Dennoch habe ich bei einigen Figuren im Umfeld der Heldin, vor allem wenn sie zur Familie gehören, einiges hinzugefügt oder verändert, wie es die Literatur gestattet.

Ich habe meine künstlerische Freiheit genutzt, um die Figur Zoulikhas in ihrer Wahrheit hervortreten zu lassen, als zentrale Gestalt eines breit angelegten Gemäldes von Frauen – nach dem Vorbild der antiken Mosaiken in Caesarea von Mauretanien (dem heutigen Cherchell).

Wenn eine Stimme aus weiter Ferne erklingen soll
Die unberührt blieb von der Zeit und ihren Folgen
Aber genauso täuschend wirkt wie ein Traum
Gibt es in ihr doch etwas, das dauert an
Selbst nachdem sich ihr Sinn verliert
Ihr Klingen dräut von fern wie ein Gewitter
Man weiß nicht, kommt es oder entfernt es sich.

Louis René Des Forêts
Poèmes de Samuel Wood, 1988

Vorspiel

I

Die Geschichte von Zoulikha, ich will sie endlich auf-
schreiben, oder vielmehr, neu schreiben ...

Es geschah dies nämlich schon einmal, im Frühjahr
1976, glaube ich. Ich besuchte damals die Tochter der
Heldin meiner Heimatstadt Cherchell. »Caesarea« hieß
sie dereinst, und für mich wird sie immer so heißen ...

Die jüngere ihrer beiden Töchter war ebenfalls gerade aus Algier eingetroffen, sie musterte mich mit einem
durchdringenden Blick – einer der Tonassistenten hatte
mich beim Namen gerufen und mir eine Tonspule für das
Aufnahmegerät hingehalten. Sie wiederholte meinen Namen und sprang auf. Als sie mich ansprach, war sie plötzlich erregt: »Auf Sie habe ich gewartet! Die Wand, die an
unseren Innenhof grenzt, gehört doch zum Haus Ihres
Vaters, nicht wahr?«

Ich nickte; als ich eine Stunde zuvor angekommen war,
hatte ich mir im Stillen gesagt: Direkt neben dem alten
Vaterhaus muss das gewesen sein!

»Ich habe seit Jahren auf Sie gewartet!« Die Stimme der
jungen Frau klang hoch und vorwurfsvoll.

Ich lächelte ein wenig müde. »Nun bin ich gekommen,

vielleicht ein wenig spät, aber ich bin da! Machen wir uns an die Arbeit!«

So haben wir beide sie endlich begonnen, die Geschichte von Zoulikha.

Ja, es war im Frühjahr 1976. Ich befand mich mitten in der Recherche für einen abendfüllenden Film. Ich hatte zunächst zwei Wochen in den Bergen verbracht, in Bauernhöfen gewohnt, in kleinen Häusern, manchmal fernab der großen Straße – der römischen Straße, wie sie die Bauern aus der Familie meiner Mutter immer noch nennen. Am Abend schickte ich den Fahrer des Jeeps und die Assistenten fort, sie waren froh, in der Ebene übernachten zu können, oder in Tipasa, im neuen Touristenhotel. Ich schlief bei Verwandten, manchmal im Dorf Menacer, beim Halbbruder meiner Mutter. Er war ein Bauer, inzwischen alt geworden, aber sparsam und streng wie eh und je. Zuweilen übernachtete ich auch in abgelegenen Gehöften, bei irgendeiner angeheirateten Tante.

So oft war in den vielen Erzählungen meiner Gastgeberinnen ein Name aufgetaucht: Zoulikha, immer wieder Zoulikha …

»Was, du kennst sie nicht? Aber sie stammt doch aus deiner Stadt!«

»Die Mutter der Partisanen!«, nannte sie eine andere.

Zwei oder drei Wochen nach diesen zahlreichen Gesprächen unter Frauen kam ich nach Caesarea, ins Haus von Zoulikha. Sie hatte es im Frühjahr 1956 verlassen, zu ihrem letzten Gang.

Ich nehme gegenüber ihrer jüngeren Tochter Platz.

»All die Jahre habe ich auf dich gewartet!« Sie spricht mich wieder an, diesmal im arabischen Dialekt. Trotz der Bitterkeit bebt in dem Satz insgeheim eine Weichheit, nahe an den Tränen. Jedenfalls empfinde ich diese Weichheit, vielleicht auch wegen der andalusischen Klänge, die im feinen Arabisch der hiesigen Städterinnen mitschwingen.

»Lass uns reden, fangen wir an!«, antworte ich mit Bestimmtheit.

Ich schaue zur Wand, die uns von meinem Vaterhaus trennt – dem Ort meiner frühen Kindheit … Ich versuche, mein schlechtes Gewissen zu bekämpfen, dass ich mich im letzten Jahr, nach meiner Rückkehr in unser Land, so lange nicht aus Algier weggerührt habe.

»Ich unterrichte auch in Algier«, sagt Mina leise, »aber am Collège, ich bin achtundzwanzig!« Sie bricht ab, holt Luft.

»Bei der Unabhängigkeit war ich fünfzehn!« Wieder hält sie inne, dann fährt sie noch leiser fort: »Als meine Mutter umgebracht wurde, war ich zwölf!«

2

Wieder Frühling. Zwei Jahre später. Ich beende gerade den Schnitt des Films über die Heldin Zoulikha. Er ist auch Bela Bartók gewidmet. »Die Geschichte von Zoulikha« wird zu Beginn kurz dargestellt. Die zwei folgenden Stunden des Films fließen dann dahin wie ein gemächlicher Strom: in Fiktion und Dokumentation, häufig mit Originalton; die Dialoge unter Frauen, eingebettet in traditionelle, aber auch zeitgenössische Musik.

Zoulikhas Leben wird erzählt, von ihrer Jugend, ihren Ehen, von ihren Kindern, wie sie 1956 zu den Partisanen ging, zwei Jahre lang als Verfolgte lebte, viel riskierte, heimlich in die Stadt zurückkehrte, als Überbringerin von Medikamenten und manchmal von Waffen – ihr Leben im Kampf, das mit zweiundvierzig abbrach, als sollte es in der Schwebe bleiben über dem Raum der antiken Stadt. Dann eine tragische Schlussszene: Als Gefangene tritt Zoulikha, von Soldaten bewacht, aus dem Wald heraus. Sie hält eine Schmährede auf die umstehenden Männer, in lyrischen Worten voller Auflehnung. Einige der alten Bauern weinen, während die Harkis sie im Beisein französischer Offiziere zum Hubschrauber zerren.

Keiner würde sie je lebend wieder sehen.

Zoulikhas »Leidensgeschichte«. Ihre letzte Rede klingt noch heute in mir, hier, an diesem sonnigen Morgen. Im Film sprechen unbekannte Stimmen sie nach, unterlegt mit Flötenmusik von Edgar Varèse …

Dazu Bilder aus der Gegenwart der antiken Hauptstadt (fast verlassene Straßen, eine umherirrende Bettlerin, Belombra-Bäume über steinernen Gesichtern, der tausendjährige, unverrückbare Leuchtturm). Die ineinander fließenden Stimmen lassen dieses Frauenschicksal aufschimmern: ihre letzten Worte ziehen sich über einige Minuten hin, während die Kamera langsam den leeren Raum in den Gassen, den Plätzen und um die blicklosen

Statuen erforscht. Als würde Zoulikha, die kein Grabmal erhielt, unsichtbar, aber spürbar über der roten Stadt schweben.

Der Film ist Zoulikha, aber auch Bela Bartók gewidmet. Der ungarische Komponist war wenige Jahre vor der Geburt von Zoulikha in die Stadt Algier gekommen, die ihm unauslöschlich im Gedächtnis bleiben sollte.

Keiner hat sie je lebend wieder gesehen. Vielleicht bleibt für mich Zoulikha dank Bartóks Musik ständig gegenwärtig. Lebendig über den engen Straßen, den Brunnen, Innenhöfen und Dachterrassen von Caesarea.

3

Zoulikha wurde 1916 in Marengo geboren (dem heutigen Hadjout), im Sahel im Hinterland von Algier. Der Hachette-Reiseführer aus jener Zeit vermerkt zu Marengo: »Ein schönes, großes Dorf und Hauptort der Gemeinde.« Die amtliche Statistik zählte 5300 Bewohner, davon 2300 Europäer. Die 3000 »Eingeborenen«, wie man sie damals nannte, waren vermutlich Nachkommen des berühmten kriegerischen Stammes der Hadjout.

Über fünfzig Jahre zuvor hatte Eugène Fromentin diesen Stamm besucht. Trotz der Niederlage gegen die Kolonialmacht hatten die Hadjout sich etwas von ihrer Aura bewahrt, wie im Schauspiel der Fantasia.

Der Maler und Schriftsteller Fromentin erwähnt auch den schönen See Halloula in der Nähe. Der See wurde später zugeschüttet, um einem benachbarten kleinen Kolonialort Platz zu gewähren, Montebello. (Die Namen ferner napoleonischer Siege sollten damals die frische Erinnerung an die blutigen Kämpfe überdecken, als die enteigneten Araber über mehrere Generationen heftigen Widerstand leisteten, bis sie aufgeben mussten.)

Zoulikhas Vater hieß Chaieb, er scheint ein recht wohlhabender Grundbesitzer gewesen zu sein. Einer der wenigen, der sein Land hatte behalten können, möglicherweise hatte er es auch von ruinierten Kleinbauern zurückgekauft. Er war bei seinen Nachbarn, den Kolonisten im Dorf, als »guter Araber« angesehen. Es ist die älteste Tochter der Heldin (Hania, das heißt auf arabisch »die Friedliche«), die auf diese Tatsache hinweist. Sie fährt fort, er habe als Einziger aus seiner Gemeinschaft zu den Notabeln gehört, abgesehen natürlich vom Kaïd, der mit der Verwaltung betraut war. Stolz fügt sie hinzu: »Stellen Sie sich vor! Meine Mutter hatte 1930, kurz bevor sie vierzehn wurde, das *Certificat d'études* bestanden! Sie war das erste muslimische Mädchen mit diesem Schulabschluss in der Gegend ...«

Als sie zwei Jahre später, mit sechzehn, einen jungen Mann aus dem Dorf heiraten wollte, schien der Vater ihre Wahl nicht gutzuheißen, aber er stellte sich nicht gegen die Heirat. Kein Jahr verging, bis der junge Mann, »heißblütig und von allzu heftigem Temperament«, nach einer gewalttätigen Auseinandersetzung mit einem Franzosen aus der Gegend floh und sich in Algier nach Frankreich einschiffte. Es war bekannt, dass die Leute »in der Metropole« die kolonisierten Nordafrikaner weniger diskriminierend behandelten.

Nach der Geburt ihrer ersten Tochter einige Monate später weigerte Zoulikha sich offenbar, auszuwandern, um mit ihrem Mann zusammenzuleben. Hania weiß nicht einmal genau, ob dieser überhaupt noch ein Lebenszeichen gab, oder ob er wirklich an den Folgen eines Unfalls starb, wie die Familie behauptet. Jedenfalls beantragte Zoulikha beim Kadi ihre Freiheit und ließ ihre kleine Tochter auf dem Land zurück. Eine kinderlose Tante war froh, sie aufziehen zu können …

Hania fährt in der Erzählung von der Jugend ihrer Mutter fort: Ganz im Gegensatz zu den Frauen ihrer Gemeinschaft bewegte sich Zoulikha im Dorf wie eine Europäerin, ohne einen Schleier oder auch nur ein Kopftuch! »Sie verdankte diese Freiheit sicher ihrem Vater«, setzt sie sinnierend hinzu.

Dann berichtet sie eine Anekdote: »1939 oder 40 nannten die Kolonisten meine Mutter eine ›Anarchistin‹. Einmal war es zu einem ersten Alarm gekommen, aus Furcht vor deutschen Fliegerangriffen. Ein Kolonistensohn hatte offenbar damals grinsend zu einem von unseren Leuten gesagt: ›Wenn wir jetzt Waffen bekämen, würde ich als Erstes auf dich schießen!‹, und er lachte dazu, um ihn zu ärgern. Da trat Zoulikha dazwischen, die gerade vorbeikam: ›Dort drüben stellt ihr die Nordafrikaner an die vorderste Front, als Kanonenfutter! Sie kämpfen dort für euch! Und ihr hängt immer noch bei eurer Mutter am Rockzipfel!‹ O ja, sie wagte ziemlich offen zu reden … Die

Chaieb-Tochter, hieß sie in Marengo. Vielleicht erlaubte mein Großvater ihr deshalb, wegzugehen, um in Blida zu arbeiten!«

Hania redet weiter, als hätte sie diese Zeit selbst erlebt. Sie erklärt, dass wegen des Krieges rationiert wurde, man brauchte also Lebensmittelkarten. »Sogar zu diesem Punkt sagte meine Mutter laut und deutlich: ›Das Beste bekommen die Europäer. Für die Eingeborenen bleibt nur die Wintergerste übrig!‹ Sie nutzte jede Gelegenheit, um laut Anklage zu erheben.«

Hania lächelt plötzlich fast zärtlich: »Eine andere Szene hat mir mein Großvater erzählt: Er hatte einen guten Freund, einen Europäer, der aus Spanien stammte – dieser begabte Musiker, ein echter Künstler, war vor dem spanischen Bürgerkrieg geflohen. Die beiden Freunde plauderten wie Brüder; der Spanier sagte voller Hochachtung: ›Chaieb, stell dir vor, wenn deine Tochter ein Junge wäre, was für ein Glück du dann hättest!‹ Und der Großvater erwiderte im selben Ton: ›Ja, ich habe wirklich kein Glück! … Mit so einem Temperament, und ein Junge!‹ Tatsächlich hatte mein Großvater nach ihr drei Söhne bekommen: Keiner war im Dorf geblieben. Wie der erste Mann meiner Mutter wanderten sie lieber aus. Ich weiß auch nicht, was aus ihnen geworden ist, in den Wirren dieser Kriegsjahre.«

Zoulikha heiratete dann in Blida ein zweites Mal. Aber kurz darauf, 1945, reichte sie die Scheidung ein. Der Sohn aus dieser Verbindung, El Habib, blieb beim Vater, einem Unteroffizier in der französischen Armee.

Als Ehefrau von Oudai, einem Notabeln von Caesarea – seine Sippe besaß Obstgärten südlich der Stadt, auf den Hügeln von Izzar – ließ Zoulikha sich schließlich in meiner Heimatstadt nieder. Kurz vor 1950 war sie in meinem Altstadtviertel (wo ich mit meinen Eltern nur im Sommer wohnte) von den anderen Stadtbewohnerinnen nicht zu unterscheiden. Sie trug einen Schleier aus Seide (Moiré, oder bei den Älteren, Seide mit feiner Wolle gemischt, damit die Falten weicher fielen), die gestärkte Spitze aus Organdi saß halbdurchsichtig auf dem Nasenrücken, sodass der untere Teil des Gesichts verdeckt war und die geschminkten Augen hervorgehoben wurden, die mit Khol größer wirkten. Manchmal zierte auch ein Schmuck aus Gold oder eine Perle die Stirn. War Zoulikha jetzt eine Dame geworden?

Ihr Mann war wegen der Führung seiner Geschäfte hoch angesehen, besonders aber auch wegen seiner bereitwilligen Unterstützung der *medersa,* der freien Schule für die Kinder der nationalistischen Elite. El Hadj war ein gläubiger Muslim und dabei tolerant: seine Frau betete nicht. Zoulikha war diesmal anscheinend ohne weiteres bereit, den »Schleier zu tragen«, aber sicher ging dies bei ihr nicht mit einer konservativen Einstellung einher. Inzwischen war sie über dreißig. Nachdem sie Zwillinge verloren hatte, bekam sie noch eine Tochter und einen Sohn, nach dessen Geburt sie sich monatelang sehr schwach fühlte.

4

Ihre Unverblümtheit scheint durch ihre Jahre als »Frau im Haus« nicht gemindert worden zu sein. Die vornehmen Bürgerinnen erzählten untereinander, was Zoulikha, die Frau von Oudai, sich zuletzt geleistet hatte, mitten auf der Straße.

»Kurz vor unserem Krieg«, berichtet eine Matrone vor einer Schar neugieriger Zuhörerinnen (dieser Klatsch findet vielleicht im Kaltbad des Hammam statt, wo man sich gerne ausruht, oder bei einer Hochzeit, während die Musikerinnen im Konzert der Saiteninstrumente nach einer *touchiya* eine Pause einlegen). »Weißt du, was da Zoulikha, der Frau von Oudai, mit den Mayo-Frauen passiert ist?«

»Sind das die Italiener mit den vielen Fischerbooten, oder stammen sie aus Malta? Unter den Europäern sind sie jedenfalls die Reichsten.«

»Zoulikha ging verschleiert zu irgendeinem Fest, auf der Straße hinter der Kirche stieß sie mit einer Europäerin zusammen, die schrie sofort: ›Pass auf, Fatima!‹ Zoulikha erwiderte, indem sie den Gesichtsschleier lüftete: ›Pass auf, Maria!‹ Sie sagte das fast in einem unschuldigen Ton. Du weißt ja, sie spricht sehr gut Französisch. Die Europäerin vielleicht nicht ganz so gut, das sie ja aus Malta kommt ...«

»Und dann?«

»Die Französin, nun, sie war nicht aus Frankreich, aber doch eine Französin, reagierte anscheinend völlig erzürnt, noch dazu vor einer verschleierten Araberin. Ihr blieb fast die Luft weg vor Empörung: ›Du nennst mich Maria? Was für eine Unverschämtheit!‹ Da gab ihr Zoulikha sehr ruhig, wie eine Lehrerin in der Schule (den Schleier zog sie jetzt ganz vom Gesicht herunter) eine Lektion: ›Sie kennen mich doch gar nicht! Sie duzen mich … Außerdem heiße ich nicht Fatima! Sie hätten ja auch Madame sagen können, oder?‹ Es kam zu einem Auflauf. Alle hatten ›Madame Oudai‹ sofort erkannt. Doch sie legte den Gesichtsschleier wieder über ihre Nase und verließ die Gruppe, stolz wie eine Königin. In den Innenhöfen war das gestern Abend der einzige Gesprächsstoff. Die Jungen auf der Straße, ein kleines Mädchen, eine Alte, die zufällig vorbeikam, sie alle hatten es gesehen.«

Und dann seufzt die Dame aus Caesarea im Kaltbad des Hammam tief auf: »Dazu hätte ich wahrscheinlich nicht den Mut gehabt. Ich verstehe gerade ein bisschen Französisch. Ich hätte mit der Wut von Madame Mayo antworten können, aber in Arabisch! Aber auch mit einem Französisch wie Zoulikha hätte ich mich später vor meinem Herrn und Meister zu Hause gefürchtet. Mich so auf der Straße zu zeigen, ich, eine Dame! Meinen Gesichtsschleier abzulegen … Sie hat Mut, diese Zoulikha!«

»Ich kann dir noch etwas sagen, meine Liebe: als ihr Mann erfuhr, was sie auf der Straße gesagt hat, soll er stolz auf sie gewesen sein! Ja, die Zeiten haben sich geändert!«

So geisterten die Gespräche unter den Frauen von Caesarea hin und her, es war kurz vor dem Befreiungskrieg.

I

Bei Madame Lionne an
der römischen Arena

Während Mina immer noch darauf wartete, dass die Reportage über ihre Mutter endlich im Fernsehen gesendet wurde (sie weiß nicht, dass sie lange warten muss …), beschloss sie, diesen Sommer in den Ferien Algier zu verlassen.

Sie wollte die Monate der großen Hitze bei ihrer ältesten Schwester verbringen, im ersten Stock des mehrstöckigen Hauses stand ein Zimmer für sie bereit. Aus der langen, schmalen Fensteröffnung konnte sie ein wenig vom Hafen sehen und den ganzen Meereshorizont überblicken.

Jeden Nachmittag nach der Mittagsruhe ging sie aus. Hania glaubte, sie träfe sich mit ihren alten Freundinnen aus dem Lycée, die wie sie immer noch nicht verheiratet waren. Aber Mina besuchte Madame Lionne. Lla Lbia hieß sie mit ihrem arabischen Namen, die Löwin. Die ehemalige Kartenlegerin konnte das Schicksal vorhersagen, dabei plagten sie selbst nachts Gesichte von Albträumen und Stürmen.

Jahrelang hatte sie spanische Karten ausgebreitet und für die Besucherinnen aus ihnen gelesen, während diese dasaßen und auf ihr Urteil warteten. Einige wollten anonym bleiben, andere kümmerten sich nicht darum, was man sagen würde.

Auch jetzt trifft Mina bei der alten Dame, der Freundin ihrer Mutter ein, um zu schweigen und vor sich hin zu träumen. Die Löwin war Zoulikhas einzige Stütze gewesen in jenen zurückliegenden Zeiten der Prüfung und Verfolgung.

»O meine Mina«, beginnt Madame Lionne, während sie schwarzen Kaffee und Bauernfladen auf dem niedrigen Tisch absetzt. »O Mina, oder eher Amina – deine Mutter hat dir einen Namen für die Zukunft gegeben, für die heutigen Tage, in denen sie leider nicht mehr am Leben ist ... Dein Besuch gibt mir *'amran,* Verzeihung oder Versöhnung, je nachdem, Mina oder Amina, mein kleines Mädchen ...«

Mina gießt den brühheißen Kaffee ein. Sie sitzen auf Flechtmatten, die den backsteinroten Fliesenboden bedecken. Lla Lbia lehnt ihren schmerzenden Rücken an die weißgekalkte Wand, zwei bestickte Kissen liegen auf ihren Knien.

»Als du kamst, bist du da den beiden Bürgerinnen ganz in Seide begegnet? Ich hatte sie fortgeschickt, ich sagte, ich würde nicht mehr wahrsagen!« Sie seufzt: »Die Vergangenheit, jene Tage, die ich mit all ihrer Last und ihrem Licht gemeinsam mit deiner Mutter verlebte, diese Vergangenheit, o lieber Sendbote Gottes, genügt mir heute!«

Sie bricht ab und klemmt die gestickten Kissen hinter ihren Rücken; die Silberreifen um ihren Arm klingeln wie ein Echo ihrer Wehmut. Zwischen den beiden Frauen breitet sich eine wohlige Stimmung aus. Mina hört zu, bleibt aber still. Sie trinkt den Kaffee in kleinen Schlucken. Bei Madame Lionne fühlt sie sich zu Hause.

»Die beiden Besucherinnen von heute wollten es nicht glauben, stell dir das vor! Mein Haus ist unverändert. Während alle reich werden und ihre Wohnungen verschönern, sehen sie, wie bei mir alles gleich bleibt, ich sitze immer noch auf derselben Matratze. Hier, die Decke von deiner Tante Oudai – sie hat Tag um Tag daran gewoben, das ist jetzt zwanzig Jahre her. Ja, mit dieser purpurroten Wolle und den schwarzen Strängen für die Streifen, die ich ihr mitgebracht hatte ...«

Sie lacht leise.

»Sie wollten mir das Doppelte bezahlen, diese Damen, die eine ist die Frau des neuen Richters, und die andere, glaube ich, die Mutter eines Kommandanten, wie es heißt. Jedenfalls« – ihre Stimme wird ein ganz klein wenig ironisch – »eines Kommandanten von heute!«

Mina lächelt, sagt aber kein Wort. Von dem engen, halbkreisförmigen Innenhof aus kann sie ein kleines Stück des Bergrückens erkennen, der die verfallene römische Arena an einer Seite überragt.

Hoffentlich spricht sie heute nicht über meine Mutter!, denkt Mina mit einer inneren Abwehr ... Ich möchte nicht mehr zittern oder leiden! Ich möchte dort oben bei meiner Schwester ruhig schlafen, in meinem eigenen

Winkel, mit Minze- und Basilikumtöpfen vor dem offenen Fenster …

»Diese guten Damen wollten es nicht glauben«, fährt Lla Lbia in ihrem gewählten Arabisch fort. »Sie hatten ihr Gold mitgebracht, sie wollten ihre Taschentücher öffnen, um die alten Louisdormünzen klingen zu lassen. Sie wollten mich in Versuchung führen, weil sie glaubten, ich könnte Geld gebrauchen, dabei regt sich in mir nur noch das Verlangen nach Ihm – nach Ihm und seinem Propheten …«

Schweigen. Draußen, jenseits der kleinen Mauer einige Schritte von Passanten, ein Junge fährt auf seinem quietschenden Fahrrad vorbei.

»Na, Mina, was hältst du davon?«

»Lla Lbia, als du im letzten Jahr von deiner Pilgerreise nach Mekka zurückgekehrt bist, hast du doch gesagt: Die Zukunft zu entschleiern ist eine Sünde! Und dazu: Ich höre auf mit dieser Tätigkeit!«

Die alte Dame wirkt geistesabwesend. Mina redet jetzt lebhafter weiter: »Du hast es gelobt, nicht wahr? Ich war nicht hier, aber alle, Männer und Frauen, haben es erzählt. So manche hat es bedauert, dass sie dich nicht mehr um Rat fragen und deine Gabe nicht mehr nutzen kann.«

Minas Stimme ist weicher geworden. Die junge Frau stellt verwundert bei sich fest: Ich will heute Abend hier bleiben.

»Ach!«, nimmt die kauernde alte Dame das Gespräch wieder auf. »In mir ersteht nur noch die Vergangenheit. Selbst wenn ich weiter wahrsagen wollte, und vielleicht sogar ohne die Pilgerreise nach Mekka, hätte ich meinen Beruf aufgeben müssen, denn die Tage der Zukunft liegen ganz dunkel vor mir, wie von Ruß geschwärzt.«

»Lla Lbia, bitte schick den Jungen der Nachbarin zu meiner Schwester. Ich verbringe die Nacht heute bei dir, bis die Sonne aufgeht, um zu schlafen oder zu wachen, und einfach von hier aus den Mond anzuschauen.«

»Ich habe es dir gesagt, Amina, du bist mein Frieden, du bist mein Trost!«

Zoulikhas Tochter bringt der alten Dame den Gebetsteppich, es ist die Zeit des Sonnenuntergangs. Dann nimmt sie wieder ihre frühere Haltung ein, die Beine auf den kühlen Fliesen ausgestreckt.

Während Madame Lionne sich niederwirft, wieder erhebt, sich hinkauert, wie es der Rhythmus der Suren verlangt, die sie kaum hörbar spricht, hält Mina am Himmel Ausschau, welchen Teil des Mondes sie in der strömenden Klarheit der Nacht sehen wird.

Ich sah meinen Liebsten erschossen
Im dunklen Gefängnishof
Ich schrie, ich schrie nicht mehr
Jeden Abend waschen sie ab sein Blut!

Hinter der kleinen Mauer zum nächsten Innenhof klingt gedämpft eine ein wenig spitze Stimme herüber, aus einem dieser sehr alten Häuser mit ihren Dachterrassen, die im Volksmund *douirates* heißen. In Spiralen reinen Gesangs steigt die erste Strophe des Klagelieds auf. Einige Sekunden gespannter Stille. Auf einer Laute wird ein tiefer Ton gezupft. Die Stimme der Unbekannten zerreißt wie mit einer Stahlklinge den Raum für den nächsten Vers.

»Da singt die dritte Tochter aus dem Nachbarhaus, sie ist allmählich fast blind geworden ... Sie improvisiert, sie psalmodiert so jedes Mal, wenn die Nacht kommt«, flüstert Lla Lbia. »Die Glückliche«, fügt sie hinzu, »je mehr ihr Augenlicht nachlässt, desto mehr verschönert die Leidenschaft oder, ich weiß nicht, die Traurigkeit ihre engelsgleiche Stimme. Sie sei gesegnet!«

Der Lautenton erklingt wieder.

Ich schrie, ich schrie nicht mehr ...

In zwei Stufen, die erste kurz und scharf, wie ein gebrochener Schluchzer, die zweite gedehnt, erhebt sich die Stimme der fast Erblindeten.

Mina steht plötzlich auf. »Was hat deine Nachbarin«, stöhnt sie, »dass sie uns so quälen muss?«

Ohne sich zu erheben, nur mit ausgestreckter Hand, heißt Lla Lbia Mina wieder Platz nehmen.

»Ich habe den Nachbarsjungen schon geschickt, dass er deiner Schwester Bescheid sagt ... Beruhige dich und bleib heute Nacht hier.« Mit heiterer Stimme fährt sie fort: »Ich werde nicht von deiner Mutter reden, selbst wenn sie in mir lebendig wird, jedes Mal, wenn ich dich sehe.«

Die Laute auf der anderen Seite nimmt denselben tiefen Ton wieder auf, der zum Ende hin versinkt.

»In jener Nacht«, sagt Lla Lbia leise, »als sie die Saadoun-Söhne erschossen haben … Ich erinnere mich an sie,
als wäre es gestern, dabei ist es jetzt zwanzig Jahre her!«

Jeden Abend waschen sie ab sein Blut

Die Sängerin hat den letzten Vers zweimal in kurzen Sil-
ben skandiert.

»Die Verlassene singt ihr Klagelied«, fährt Lla Lbia
fort, »wie heute Abend, immer bei Vollmond, oder auch
wenn die Orangen blühen und mit ihrem Duft die Luft
schwängern. Sie war dem zweiten der Ermordeten versprochen …«

Madame Lionne streckt ihr Bein aus und seufzt dann:
»So oft wurde um ihre Hand angehalten, später, nach
der Unabhängigkeit. Sie hat immer abgelehnt, wie sie es
heute ablehnt, ihre Augen behandeln zu lassen, obwohl
sie fast nichts mehr sieht! Der Gesang, den sie zum
Mond aufsteigen lässt, ein Lied der Liebe oder der Verzweiflung, wer weiß, wurde zu ihrer einzigen Freude im
Leben.«

Die Nachbarin jenseits der Mauer nimmt den letzten
Vers wieder auf. Mina gibt einem plötzlichen Drang zum
Weinen nach, im Dunkel der Nacht.

»Früher war ich Totenwäscherin«, beginnt Lla Lbia. »Die
Todesnacht der Saadoun-Söhne war für mich in dieser
Zeit der Wirren die längste von allen! Schwarz ist noch
heute die Erinnerung vor meinen Augen, Gott steh uns

bei, Mohammed und sein Freund, der sanfte Abu Bakr, seien die Mittler für uns Verlassene!«

Mina dreht langsam den Kopf zu Madame Lionne hin – ihr abgemagertes Gesicht, umrahmt von weißen Seidentüchern mit lila Fransen, die sich im lichten Dunkel abzeichnen.

Ich beginne zu begreifen, was mir die Freundin meiner Mutter mitteilen will, denkt Mina in plötzlicher Klarheit: Ihre Erinnerungen liegen wie ein Knäuel aus gemischter Wolle in meiner Hand. Bei diesen Schatten der Vergangenheit muss man sich langsam vorwagen oder Umwege gehen, in Kreisen, Mäandern und Verschlingungen, um schließlich in die dunkle Quelle schauen zu können, denn sie ist von Schmutz, erstarrten Schreien und unstillbarem Weinen getrübt ...

»Wir hatten ihnen gesagt, sie sollten nicht hinausgehen«, erzählt die Löwin. »Zu Anfang wurde beim geringsten Anlass eine Ausgangssperre verhängt, etwa wenn ein Scharmützel mit Partisanen aus den Bergen gemeldet wurde. Die Saadouns hatten ein Haus am östlichen Eingang der Stadt, aber eine der Schwestern war meine Nachbarin im Viertel der *douirates*.«

Die alte Dame sinniert, hört draußen ein schauerndes Schweigen, ein Beben, ihre Gedanken beginnen zu wandern, sie sitzt mit blicklosen Augen da, nur die Fransen ihrer Kopfbedeckung zittern leicht im Halbdunkel.

»Zwei junge Fohlen, zwei Prinzen«, seufzt sie, »einer noch keine zwanzig Jahre alt, und der dritte ihr Cousin ersten Grades, und zugleich ihr Schwager ... Wir hatten es ihnen immer wieder gesagt: Heute Abend geht ihr auf keinen Fall hinaus! Die Nachricht war von den Häusern der Europäer gekommen, die meisten waren Malteser, vielleicht kam sie auch vom kleinen jüdischen Juwelier, der die fahrenden arabischen Händlerinnen mit Armreifen und Ringen belieferte. Die jungen Europäer waren seit einer Woche außer Rand und Band, in kleinen Gruppen zogen sie durch die Stadt; an manche von ihnen hatten die Behörden sogar Waffen ausgegeben.

An jenem Tag hatten sie die Bettler verprügelt und einige Bauern provoziert, die aus ihren Dörfern zum Markt heruntergekommen waren. Ein Eierverkäufer wurde blutig geschlagen, ein armer Gehbehinderter, dabei hatte er in einem ihrer Kriege mitgekämpft. Sie machten sich einen Spaß daraus, ihm die Krücke wegzunehmen; dann prügelten sie ihn, zu viert gegen einen, die Feiglinge! Diese Szene trug sich ganz in unserer Nähe zu, bei der Backstube. Gegen Abend verteilten sie sich in die Bars der Stadt. Sofort waren sie besoffen, diese verfluchten Kerle ...

Nur weil es am frühen Morgen ein Scharmützel gegeben hatte, droben in den Bergen. Dabei war unter den getöteten Soldaten kein Franzose aus der Stadt! Ihre Leichen waren ins Militärhospital heruntergebracht worden. Den ganzen Nachmittag« – Lla Lbia fährt mit geschlossenen Lidern, ganz in der Vergangenheit versunken, fort – »hatte die Kirchenglocke hier nebenan geläutet (diese Kirche wurde später zur Moschee). Die Glocke hatte geläutet, Stunde um Stunde, wie um sie anzuspornen, diese Teufel! Am nächsten Morgen würde man für ihre Toten beten und dann die kaum erkalteten Leichen auf die andere Seite des Mittelmeers hinüberbringen. Die jungen Soldaten waren direkt aus Frankreich gekommen ... Als hätten die Malteser, diese Europäer von hier, Frankreich überhaupt gekannt! Sie nannten es ›ihr Mutterland‹, dabei kamen sie von nirgendwoher. Wir dagegen«, fügt sie mit Stolz hinzu, »können zu unseren Söhnen wenigstens sagen: Unsere Mutter liegt unter unseren Füßen, dieses Land, das sie uns wegnehmen wollten.«

Und sie stampft mit dem Fuß, steht plötzlich auf, ihre Hüfte streift einen Hocker, der einen metallenen Klang abgibt.

Schweigen. Mina nutzt es, um die vergoldeten Teegläser und die Kaffeetassen abzuräumen, dann kauert sie sich mit der Geschmeidigkeit eines Tiers im Schneidersitz auf den Fliesenboden. Madame Lionne öffnet die schweren Augenlider. Ihre tiefschwarzen, in die Ferne spähenden Augen nehmen Mina nicht mehr wahr. Als versänke sie in der Zeit zwanzig Jahre zuvor.

»Was soll ich von diesem Unglückstag berichten? Von dieser Kirchenglocke, die mir noch heute in den Ohren klingt?« Sie verzieht das Gesicht. »Unsere Väter hatten doch recht, wenn sie früher sagten: Alles Unglück, alle Verzweiflung, kommt für uns immer von den Menschen der Glocke!«

»Und die Saadoun-Söhne?«, flüstert Mina gespannt.

»Davon erzähle ich gleich, meine Kleine.« Lla Lbias

Gesicht wird wieder von Heiterkeit erleuchtet, als würde der Schwung des Erzählens sie befreien.

»Als der Tag sich neigte und sich in den Innenhöfen die Nachrichten von der Gefahr häuften, soll die Mutter die Saadoun-Söhne angefleht haben. Den Oberkörper über die Brüstung geneigt – bei ihnen wohnen die Eltern im ersten Stock und die jüngeren Söhne im Erdgeschoss – sagte sie immer wieder: ›Geht heute nicht hinaus, meine Prinzen! Die Christen wissen, dass euer Onkel, mein ältester Bruder, der Anführer der Partisanen dort oben ist. Sie lauern uns auf, weil sie nicht an ihn herankommen! Im Namen Gottes bitte ich euch, geht heute Abend nicht hinaus, ihr seid doch unsere ganze Zukunft!‹ So hat sie wohl lange geredet, die jungen Männer hatten offenbar versprochen, vor der Ausgangssperre zurück zu sein. Sie sagten, sie hätten etwas Wichtiges zu erledigen, kurz, sie konnten nicht stillhalten. Da Gott es wollte, dass ihr Leben kurz sei, sind sie leider hinausgegangen!«

Sie hält inne, schließt die Augen; die Zeit fließt schimmernd dahin. Mina bemerkt, dass die Jalousien an der Nachbartür neben dem kleinen Innenhof zu schlagen beginnen. Es kommt Wind auf, denkt sie mit einer gewissen Beunruhigung. Nahe der Fensteröffnung steht eine vergessene Öllampe auf dem Fensterbrett. Sie wird sicher nicht mehr angezündet; vor kurzem wurde in der schlichten Behausung von Lla Lbia Strom verlegt, ihr ganzer Stolz.

»Sie gingen hinaus«, nimmt die alte Dame mit lauter Stimme ihre Erzählung wieder auf. »Kurz darauf hörte ich in meinem Innenhof, wo wir gerade sitzen, wie die Sirene heulte. Sie hörte nicht mehr auf … Mein Sohn …«, sie spricht in vertraulichem Ton weiter, »du musst wissen, ich habe einen Sohn adoptiert, allerdings weiß ich heute nicht, was aus ihm geworden ist, dem Unglücklichen. Mein Sohn beschloss, auf ein paar Schritte hinauszugehen, nur um zu erfahren, was es Neues gab. Zu jener Zeit galt die Ausgangssperre noch nicht überall, erst zwei oder drei Monate später wurde sie strenger durchgesetzt. Mein Sohn Ali, Gottes Schutz sei über ihm, ging also hinaus. Ich stand wartend im ersten Hof, beim Eingang, und mein Herz nagte an mir, hier unter der Brust spürte ich es … Ali kam völlig erschüttert zurück und rief: ›Es heißt, sie haben die Saadoun-Söhne getötet. Erschossen, sie haben sie an die Wand gestellt und erschossen.‹ Zuerst stand ich wie angewurzelt, aber dann hielt mich nichts mehr. Ich ging zu meiner Nachbarin, sie wartete oben auf der Terrasse da drüben ebenfalls auf die Rückkehr ihres Sohnes. Sie empfing die furchtbare Nachricht von mir. ›Badra‹, sagte ich kopfschüttelnd zu ihr, ›ich laufe zur Tochter des Kaïd, um Genaueres zu erfahren. Es ist ganz nah, in der Straße des alten Hammam.‹ – ›Geh lieber zu Mouina, ihrer Schwester‹, riet sie mir.

Mein Sohn brachte mir meinen weißen Schleier. Ich legte ihn doppelt über Kopf und Schultern. Ich hatte es zu eilig, mich ganz zu verhüllen, behielt auch meine Hauspantoffeln an. Ich sagte dir ja, Mina, ich spürte, wie mein Herz an mir nagte: die Unglücklichen, die jungen Hirsche, Noubyas Prinzen!«

Lla Lbia schnauft schwer, ein langes Atemholen. Zwanzig Jahre später steht alles wieder vor ihr, die einschneidenden Ereignisse jener Zeit und der Schmerz, die Ungeduld …

»Ich hastete zu Mouina. Ich weiß noch, ein Jeep kam um die Straßenecke, ich hatte nicht mal Angst. Ich hob den Klopfer an, zwei kurze Schläge. Mouina öffnete mir mit einem Lächeln, ich weiß noch, sie flocht sich gerade einen Zopf, ihre Haare waren so schwarz, eine lange Flechte dicht am Ohr. Ich rief den Propheten an, seine Frau, seine Tochter, aber nur leise in meinem Innern, um sie nicht sofort zu erschrecken. ›Hast du noch nichts von zu Hause gehört?‹, fragte ich. – ›Nichts‹, antwortete sie. ›Meine Brüder waren eben hier, sie hatten Brot für mich gekauft.‹ Und es stimmte, sie hatten tatsächlich in der Abenddämmerung Brot mit Anissamen für ihr Abendessen gekauft. Sie waren bei ihrer Schwester vorbeigegangen, die sie sehr liebten, bevor sie nach Hause zurückkehrten …«

Die Stimme schwankt. »Wahrscheinlich hatten sie das Bedürfnis, ihre große Schwester zu sehen … ein letztes Mal.« Dann setzt sie ihre Erzählung mit fester Stimme fort: »Ich muss zugeben, als Mouina mir so antwortete, während sie mit der einen Hand weiter ihren Zopf flocht, mich anlächelte, während hinter mir die Sirene wieder losheulte, ich muss zugeben, im tiefsten Innern dachte ich, dass Mouina mich anlog. Der Höchste, der uns jetzt sieht, möge mir in der letzten Stunde verzeihen, diesen Zweifel kann ich nicht erklären, denn Mouina war für mich wie eine Tochter.

Während sie weiter bat, ich solle eintreten und ein wenig verschnaufen, kam ihr Junge herbeigestürzt, er war kaum vierzehn, doch jetzt war er kein Kind mehr, der Neffe der Erschossenen. Er weinte und schluchzte: ›Sie sind tot!‹, rief er, während er ruhelos im kleinen Hof hin und her lief. ›Sie sind tot, Hossein, Nureddin und Hamud!‹

Mouina sackte zusammen, ich konnte gerade noch meine Arme ausstrecken, um sie aufzufangen.« Mina sieht, wie die alte Dame in den weißen Schleiern mit den violetten Fransen die langen, knochigen, in Musselin gehüllten Arme ausbreitet wie zum Kreuz.

»Als Mouina wieder aufwachte, wollte sie sofort zu ihren Eltern gehen. Bleich, ohne Tränen, ohne zu schreien, kämpfte die Arme sich los mit den Gesten eines Automaten, das herzzerreißende Weinen ihres Sohnes nicht beachtend. Sie nahm einen langen weißen Schleier und begann ihn über ihren Kopf, ihre langen Haare zu breiten. Da kam ihr Mann aus einem Zimmer, nur ein Unterhemd bedeckte seine nackten Schultern. Er sagte zu ihr, das habe ich selbst gehört: ›Ich werde dich nicht begleiten!‹

Die Schwiegermutter kam nun auch aus dem gleichen hinteren Zimmer. ›Ich werde dich nicht begleiten‹, sagte auch sie, genau wie ihr Sohn.«

Und Lla Lbia fuhr etwas leiser fort: »Inzwischen ist sie gestorben, die alte Touma, und ungeachtet ihrer Worte in jener Nacht haben wir sie alle beweint, ihre Schwiegertochter, die zart fühlende Mouina, zuallererst. Ja, Touma hatte damals Angst und das machte sie wütend … Da warf sich der Junge immer noch weinend gegen seine Mutter. Ich blieb ruhig, nahm Mouina in die Arme und erklärte ihr, ohne weiter auf die anderen zu achten: ›Komm, Mouina, meine Tochter, ich werde dich begleiten!‹ Ich weiß nicht mehr, wie sie sich anzog. Erst draußen, als ich voranging und sie völlig verschleiert und mit richtigen Schuhen bekleidet war, bemerkte ich, wie ich an mir hinunterschaute, dass ich noch immer mit nackten Füßen in Hauspantoffeln herumlief.

Wir gingen in kleinen Schritten bis zum Haus der Familie. Noubya, die Mutter der Erschossenen, empfing uns. Sie war groß und schön und zu jener Zeit noch jung. Die Unglückliche, ihre Schönheit ist inzwischen dahin, ein Traum, wie natürlich für uns alle, aber bei ihr war es wegen dieses Kummers! Ich erinnere mich, sie empfing mich mit den Worten: ›Lla Lbia, deinen Sohn Nureddin (denn er war der Jüngste, ihr Liebling), deinen Sohn Nureddin, der dir immer Butter, Milch und viel frisches Gemüse von unserem Hof gebracht hat, Nureddin haben sie mir getötet!‹

Ich weinte mit ihr und hielt sie in den Armen. Aber während sie an mich gepresst zitterte, und ich um uns herum den Lärm der anderen wahrnahm, kam eine sehr helle Männerstimme – ich erkannte sie nicht – von einer nahen Terrasse herüber, mit den Worten: ›Sie sind im Gefängnis! Sie sind im Gefängnis!‹ Ich glaubte, ich hoffte mit aller Kraft, es sei wahr. ›Siehst du‹, beruhigte ich Noubya, während ich ihr die Tränen abwischte, ›siehst du, sie sind am Leben! Sie sind nur im Gefängnis!‹

Sie hörte nichts davon. Die anderen Verwandten in den hinteren Zimmern steigerten noch ihren Spektakel. Da gesagt wird, es genüge die Ergebenheit in die Entscheidungen Gottes, beschloss ich, mich und ebenso die arme Mutter mit diesem frommen Gedanken zu beruhigen. ›Sie sind im Gefängnis‹, nahm die eine oder andere Stimme aus der Schar der Frauen, die sich bereits in das Weiß der Trauer hüllten, den Satz wieder auf. ›Hast du gehört?‹, sagte ich leise zu Noubya, die ich immer noch im Arm hielt. In einem der Zimmer lag Mouina, die Tochter, halb ausgestreckt, umringt von ihren Tanten, und schlug ihre nackten Arme in einem krampfartigen Rhythmus aneinander.

Plötzlich erschienen Lastwagen vor der Tür. Ach, sie brachten die drei Leichen. Erst als sie hereinkamen, und in der langen Eingangshalle eine Öllampe nach der anderen angezündet wurde, versteckten sich die vielen Frauen und verstummten. Ich erinnere mich, zu Beginn dieser Nacht hatte es angefangen zu regnen; unsere Tränen, die jetzt still flossen, schienen wie Rinnsale, die sich auf dem Fliesenboden mit dem Wasser der Schöpfung mischten.

Zwei alte Frauen aus der Familie und ich öffneten die Tür für die Toten, jeder wurde von zwei Männern aus dem Viertel hereingetragen. Wir legten Matratzen auf den Boden eines Zimmers gegenüber der Treppe, es war der größte Raum, in den der Älteste im Sommer davor als junger Bräutigam eingetreten war. Die Träger verschwanden wieder.

Wir legten die drei Leichen in diesem Zimmer nebeneinander hin, und ich hörte, wie jemand ein junges Dienstmädchen bat: ›Kleine, wirf ein Tuch über den Spiegel am Schrank!‹

Beim Anblick der drei jungen Leute setzte ich vor all den Frauen zu einer Rede an: ›Das sind keine Männer! Hört, ihr alle und verneigt euch vor ihnen, es sind unsere Löwen! Der Feind hatte Angst vor ihnen! Der Sendbote Gottes ist ihr Zeuge, sie sind jetzt in der Vorhalle zum Paradies!‹

Wir mussten herausfinden, wo es Leichentücher zu kaufen gab. Einige Nachbarn kümmerten sich um den unglücklichen Vater, aber keiner außer mir dachte an die dringenden Vorbereitungen für die Beerdigung. Ich rief daher Brahem, einen ihrer angeheirateten Cousins, der eine Bäckerei hat. Er ist ein netter Junge, sauber wie ein Strang Wolle. ›Komm mit mir!‹, sagte ich bestimmt. ›Ich weiß, wo ich um diese Zeit Leichentücher bekomme.‹

›Du kannst über mich verfügen, Tante‹, antwortete er, indem er die Stirn neigte. ›Ich will zu dir sein wie ein Sohn.‹

Ich ging in Begleitung dieses Jungen wieder hinaus, zu Othman, der mit den Saadoun per Heirat verwandt war. Nachdem seine Frau meine Bitte gehört hatte, zog sie sich an, um mit uns zu gehen; aber ihr Mann (er hat immer als Schreiber am Gericht gearbeitet) hielt sie zurück, der Feigling. ›Wo willst du hin?‹, wandte er ein. ›Sie haben doch selbst Schuld. Sie sind Banditen, die verantwortlich sind für das ganze Übel!‹ Denn Othman hatte Angst. Nicht nur wegen seines Postens. Gott hatte den Armen so erschaffen. Ich kannte das schon bei ihm.«

Madame Lionne richtet sich auf und deutet ein Ausspu-
cken an, als hätte sie über ihn zu richten. Mina stellt sie
sich für einen Moment in dieser Rolle der unerbittlichen
Richterin vor, wie die ganze Stadt vor ihr zittert, die Stadt
vor zwanzig Jahren, voll von diesen verängstigten Ein-
wohnern, misstrauischen Schwiegermüttern und in ihren
weißen Trauerschleiern weinenden Verwandten.

»Trotz der Vorhaltungen ihres Mannes«, fährt Lla Lbia
fort, »verschleierte Othmans Frau sich an der Tür und
kam mit uns hinaus. Zu unserer Gruppe stießen auch zwei
junge Mädchen, zwei Nachbarinnen aus einer sehr armen
Familie, die von der Tragödie gehört hatten. Die anderen,
alle anderen«, wirft sie in einem Ton bebender Verachtung hin, »das bezeuge ich, hatten damals Angst hinauszugehen, zumindest die so genannten ›gut situierten und
vermögenden Männer‹ und ihre Frauen, unterwürfige
Gattinnen und keifende Mütter!«

Madame Lionne unterbricht ihre Erzählung und schlägt
vor, nach drinnen zu gehen. In der kühlen Nacht erhebt
sich der Wind, er ist so stark, dass er ein, zwei Schemel
umwirft. »Möchtest du dich hinlegen und zur Ruhe bet-
ten?«, fragt sie ihre Besucherin voll mütterlicher Sorge.

Mina schüttelt den Kopf. »Erzähl mir die Geschichte
der Familie Saadoun zu Ende.«

»Wie du willst«, erwidert Lla Lbia, die Öllampe in der
Hand. In dem niedrigen Raum streckt sie sich Mina gegenüber halb aus, sie hat sich in eine leichte Decke gewi-
ckelt.

»Fang an, ich höre zu«, sagt diese leise.

»In jener Nacht«, fährt die Erzählerin fort, ihr plötzlich riesenhafter Schatten erscheint an der gegenüberliegenden Wand, »ging ich zu Fatima ... Fatima war nämlich damals meine Helferin bei der Totenwäsche. Ich rief von der Straße aus nach ihr, ohne hineinzugehen. ›Komm mit‹, sagte ich. ›Wir müssen Leichentücher nähen ... Drei, es sind drei, die als edle Märtyrer tot bei den Saadouns auf dem Fußboden liegen.‹ – ›Nein, nein!‹, schrie die arme Kleine hinter der halb geöffneten Tür. ›Heute Abend ist es gefährlich, ich komme nicht mit.‹«

»Ich sagte dir schon«, meint Lla Lbia nach einer Pause und verzieht das Gesicht, »es war nicht der Wind wie heute Abend, der in jener Nacht blies; auch der Regen hatte im Übrigen aufgehört. Was damals bei so vielen Bewohnern dieser Stadt herrschte«, sagt sie halb bitter, halb ironisch, »war die Angst! Ich antwortete ihr aufgebracht: ›Hör mich an, mein Mädchen, das vor Feigheit gelb im Gesicht ist, wenn du dich weigerst, mit mir zu kommen, ich verspreche, ich schwöre es dir, werden die Unseren eines Tages von den Bergen herunterkommen und dann wirst du sehen, was passiert!‹«

Sie lacht ein lautes, befreites Lachen. »Ich habe gedroht, ich habe sie rundweg erpresst! Meine in der ganzen Nacht aufgestaute Wut hat dieses arme Kind getroffen, Fatima, die seit mindestens sechs Jahren mir überallhin folgte, ohne ein Wort des Widerspruchs. Auch jetzt nahm sie ihren Schleier und trottete schamerfüllt mit. Ich ging nach Hause, wo schon mein Sohn besorgt auf mich wartete. Ich schickte ihn zum Schlafen ins Nachbarhaus; er kletterte über die Terrasse. Dann begab ich mich mit Fatima ins Haus der Toten.

Dort arbeiteten Fatima und ich mit einer Verwandten, die uns half, vier oder fünf Stunden lang. Der Bruder des Vaters der Erschossenen, der eine Autowerkstatt am anderen Ende der Stadt besitzt, brachte mir den Ausweis von einem der Getöteten, ich glaube von Hossein: Er hatte ein Loch von der Kugel, die ihn ins Herz getroffen hatte. Als Einziger hatte er seine Papiere bei sich getragen. Gegen Ende arbeiteten wir im Sitzen. Wir hatten unsere traurige Pflicht gerade verrichtet, als Mustapha mit den Mudschaheddin eintraf. Es war in der zweiten Hälfte der Nacht, einer Nacht, in der ein heftiges Gewitter eben zu Ende ging.

Hassan, der Werkstattbesitzer, rief mich an die Tür zu sich: ›Schick die hinaus‹, flüsterte er mir zu und zeigte auf Fatima, die ihre Arbeit gerade beendete. Ich zog es vor, mit ihr zusammen hinauszugehen, wir, die beiden Totenwäscherinnen. Die anderen Frauen hatten sich draußen zusammengeschart. Währenddessen waren die Mudschaheddin offenbar eingetreten, nur um die Erschossenen anzuschauen und sich vor ihnen zu verneigen, dann waren sie wieder fortgegangen.«

Madame Lionne bricht erschöpft ab. Tonlos sagt sie zum Schluss: »So war jene Nacht, meine Mina!«

Mina erhebt sich und bläst die Öllampe aus. Dann geht sie hinüber zur alten Dame, beugt sich zu ihr, um die hennagerötete Hand zu küssen. Sie geht in das angrenzende Zimmer, sie weiß, hier ist ihr Nachtlager.

Madame Lionne rührt sich nicht: Mit einer Gebets-schnur thront sie und meditiert schon für das Gebet vor Sonnenaufgang.

Draußen, über den Ruinen der römischen Arena wird sich bald die Nacht verflüchtigen.

2

»Wo ist die Leiche meiner Mutter?«

Als damals die Besucherin aus dem Jeep gestiegen war und in Begleitung der Fernsehtechniker eintrat, musste Hania sich entschuldigen: »In der nächsten Woche feiern wir die Verlobung unseres jüngsten Bruders. Er geht auf die Offiziersschule hier in der Stadt, die im ganzen Land berühmt ist.« Sie setzte den Teller mit Gazellenhörnchen und Mandel- und Nusshütchen ab. Stolz fuhr sie fort: »Er ist das jüngste Kind meiner Mutter und möchte gerne Pilot werden.«

Dann fügte sie, wie zur Entschuldigung ihrer ehrgeizigen Freude, hinzu: »Ich habe ihn praktisch aufgezogen. Als meine Mutter« – sie zögerte einen Moment – »als sie uns verließ … um in die Berge zu gehen, musste ich mich um ihn kümmern. Er war damals kaum fünf Jahre alt.«

Hania sprach dann von Zoulikha, aber ihre Erzählung war ungeordnet. Ihre Schwester Mina, die gerade aus Algier angekommen war, sollte den Faden dieser Suche in der Vergangenheit von ihr aufnehmen.

Mina begrüßte die Besucherin, und Hania lud die beiden ein, sich in den kleinen Garten unter den Schatten des Zitronenbaums zu setzen. Der Tontechniker richtete alles so ein, dass das Aufnahmegerät auch ohne ihn funktionierte. Zuvorkommend ließ Hania den Assistenten, die draußen beim Fahrer des Jeeps blieben, Kaffee und Gebäck bringen. Dann kehrte sie zu den Vorbereitungen für das Fest zurück.

Das Gespräch im Innenhof zwischen Mina und der Interviewerin dauerte mehrere Stunden.

In der folgenden Nacht, die Mina bei Lla Lbia verbrachte, litt Hania unter Schlaflosigkeit, sie konnte nicht neben ihrem Mann liegen bleiben (er schnarchte, aber das war nicht, was sie störte). Sie ging in den leeren Räumen auf und ab. Schließlich setzte sie sich im Wohnzimmer hin, wo eine schwache Lampe auf einem Tisch das Foto von Zoulikha beleuchtete.

Sie fragte sich, wie sie das Jahr bis zur Hochzeit ihres Bruders überstehen sollte. In einigen Tagen würde sich das Haus zur Verlobungsfeier füllen: Nachbarsfamilien und Frauen aus der ganzen Stadt würden freudig ihren Gratulationsbesuch abstatten. Alles stand bereit; aber es war nicht diese Anspannung, die sie in dieser Nacht quälte.

Die Besucherin hatte sich in einem Hotel von Caesarea einquartiert. Am nächsten Morgen saß sie wieder im Schneidersitz auf dem Schaffell unter dem Zitronenbaum. Mina ebenfalls, doch Hania, die Hausherrin, blieb stehen, mit hängenden Armen, plötzlich ganz in Gedanken.

»Hier, in dieser Stadt …«, begann sie (dies war ihre Art, eine Frage einzuleiten – nicht wirklich in fragendem Ton, mehr in der Schwebe – ein oder zwei kurze Worte und dann abzubrechen), »hier …«, fuhr sie fort, und bekannte, dass sie die Stadt ihres Vaters, die Stadt ihrer Mutter lange Zeit gemieden hatte.

»Hier, die Mosaiken dieses Innenhofs, in den verblichenen Farben, so alt sind sie – genau wie in meinem Vaterhaus«, setzte die Besucherin noch leiser hinzu. Sie schüttelte ihre Haare, winkte mit der Hand ab, als wollte sie die Bilder aus ihrer frühen Kindheit verscheuchen, die sie an diesem Ort verlebt hatte, auf der anderen Seite der kleinen Mauer.

Hania hörte sie nicht mehr. Sie war wie überwältigt von dem einen Gedanken: Diese Frau, jünger als sie selbst, aber weit gereist, war hier aufgewachsen, lebte als Kind »auf der anderen Seite der kleinen Mauer«. Damals, vor dreißig Jahren, lebte Zoulikha hier als einfache Familienmutter. Zoulikha lebte!

»Meine Mutter«, begann Hania verträumt, »meine Mutter kam und ging unbehelligt, ich war kaum zehn! Zoulikha war vielleicht schon schwanger mit Mina … Und unser Gast, als kleines Mädchen von drei oder vier Jahren, lachte, weinte, spielte ›auf der anderen Seite der Mauer‹ …«

Hania setzte sich unvermittelt zu ihr aufs Schaffell: Sie mochte nicht eingestehen, dass ihr die Knie zitterten, dass die plötzlichen Erinnerungen sie ins Herz trafen. Bevor Mina hinzugekommen war, hatte sie ruhig auf alle Fragen der Interviewerin antworten können. Was hatte sich verändert? Die anderen beiden sprachen jetzt fast so miteinander, als wäre sie nicht anwesend.

Hania beobachtete nun vom Küchenfenster aus die Szene. Die Fremde war aus der Ferne, aus unbekannten Ländern zurückgekehrt, doch in den letzten Wochen hatte sie die Pfade begangen und die kleinen Dörfer besucht, in denen Zoulikha die letzten Monate ihres Lebens verbracht hatte.

Hania erinnerte sich, wie eine der Tanten dieser Besucherin, kinderlos, in jenem mittleren Haus gestorben war; vor ihrem frühen Tod war sie lange bettlägerig gewesen und dann buchstäblich erstickt. Hania wusste nicht mehr, woran sie gelitten hatte. Wahrscheinlich war es Lungentuberkulose gewesen, fiel ihr ein.

So löste diese Nichte der lungenkranken Nachbarin – eine Unbekannte mit schmalem, ungeschminktem Gesicht, nur die haselnussbraunen Augen waren mit Khol umrandet, sie hatte so eine Art, dich lange anzusehen – durch ihre Ankunft ganze Wirbel von Erinnerungen aus.

»Wenn Journalisten mich über Zoulikha befragen«, erklärte Hania später, »habe ich, während ich von ihr spreche ...« – sie ging plötzlich zur arabischen Sprache über, sie konnte sich so besser ausdrücken – »das Gefühl, als würde ich sie noch einmal töten!«

Mina verschwand in ihrer schwungvollen Art in den hinteren Räumen des Hauses, ohne zurückzukehren, als hätte sie sich in Schatten aufgelöst.

»Bei dir«, sagte Hania, während sie auf den Teller der Besucherin klebrig süße Vierecke aus Mandeln und Honig legte, »bei dir« – sie zögerte und verfiel dann wieder ins Französische – »fühle ich mich dagegen erleichtert, wenn ich von ihr spreche, ich befreie mich von den Stacheln der Bitterkeit. Ja, ich weiß, die anderen Frauen in der Stadt glauben, ich sei stolz wegen Zoulikha (du siehst, ich kann nicht ›meine Mutter‹ sagen, auch als sie noch lebte, rief ich sie immer bei ihrem Vornamen). Die Frauen hier meinen, dass ich auf sie herabschaue, weil sie sich fast alle zu Hause eingemauert haben. Zitternd vor Angst, aber in Sicherheit. Anders Zoulikha! Ich fühle eine Leere, ein schwarzes Loch in mir, das nicht verschwinden will!«

»Du hast wirklich lange gebraucht, bis du zurückgekehrt bist«, fuhr sie mit schwankender Stimme fort. »Du, die Nichte von Houria, die nebenan starb, du scheinst einmal um die Welt gefahren zu sein. Aber was will man dir vorwerfen, Hauptsache, du bist wieder da, nicht wahr?«

Man hörte, wie Mina in der Küche den Wasserhahn aufdrehte. Sie besprengt sich wohl das Gesicht mit kaltem Wasser!, dachte Hania. Sie kommt gleich zurück!

»Ja«, fuhr sie fort, als träumte sie laut. »In meinem Inneren ist eine Wunde … Weil« – sie schrie es heraus – »Zoulikha uns beiden, ihren Töchtern, so fehlt!«

Sie weinte ohne sich die Tränen abzuwischen, ihre breite, in die Schürze eingezwängte Brust zuckte krampfartig.

Die Besucherin legte ihr die Hand auf den nackten Arm. Mina kam leise zurück und setzte sich ihrer großen Schwester gegenüber hin. Sie füllte ihr ein Glas mit Wasser und träufelte ein paar Tropfen Orangenessenz hinein. »Trink, Habiba« – sie nannte sie also »meine Freundin« – »Trink, das wird dir gut tun.«

Die Besucherin bemerkte mit belegter Stimme, während Hanias Tränen weiter flossen und sie an ihrem Glas kaum nippte: »Alle Leute sagen, dass du Zoulikha gleichst wie eine Zwillingsschwester!«

Sie lächelte unter den Tränen, die sie sich jetzt mit ihren beringten Fingern abzuwischen versuchte, plötzlich stolz. »Vor allem jetzt, seit ich über vierzig bin und mich dem Alter nähere, in dem sie verschwand.«

Hania legte den Kopf zurück und schaute in den Himmel, erhob zitternd ihre Hand mit starr gespreizten Fingern: »Zoulikha ist hier geblieben, in der Luft, in diesem Staub, im hellen Sonnenlicht … Am Ende hört sie uns zu, berührt uns!«

Sie beruhigte sich, schloss die Lider und spannte die Muskeln an ihrem Hals und in ihrem Gesicht an, um tief durchzuatmen.

»Natürlich ist sie unsichtbar, aber vielleicht wird sie ja zurückkommen, wer weiß?«

Hania holte überraschend zu einer großen Geste aus und erhob sich würdevoll. »Und vor allem«, verkündete sie theatralisch und mit dem Ansatz zu einem leisen Lachen, »vor allem bleibt Zoulikha so immer jung.« Sie setzte sich wieder hin. »Sie ist für immer meine Schwester geworden … Eine Zwillingsschwester? Das würde mir gefallen.«

Keine der beiden anderen regte sich, sie hörten ihr nur zu.

»In der letzten Zeit« – ihre Stimme war leiser, sie schien im Nebel der Erinnerung zu suchen – »als ich kaum zwanzig war und sie vierzig, sogar beim allerletzten Mal, als sie mir so viele Ratschläge gab, wegen der Kleinen, die sie uns, meinem Mann und mir, anvertraute, haben wir lange miteinander gesprochen ... wie Schwestern.«

»Du hast dich aber dennoch geweigert, ihre Rolle zu übernehmen«, bemerkte Mina leise, »als sie im letzten Jahr einen Film über ihr Leben drehen wollten.«

»Das ist was ganz anderes!« Energisch suchte Hania Zustimmung bei der Besucherin: »Sie dachten wohl, auf die Art könnten sie ihre Erinnerung an Zoulikha loswerden!«

Lachen von Kindern auf der Straße durchbrach die Stille.

»Weißt du«, fuhr Hania, nun an Mina gewandt, fort, »ich kenne mich in ›künstlerischen‹ Dingen nicht aus, wie sie es gerne nennen. Aber« – sie suchte nach Worten – »aber wenn sie nicht zuerst Respekt zeigen ...«

»Respekt oder Genauigkeit?« fragte die Fremde vorsichtig nach.

»Respekt«, wiederholte Hania. »Ich denke, dass meine Mutter nicht nur als Heldin, sondern als einfache Frau, ein zweites Mal stirbt, wenn man sie so in Fernsehbildern zur Schau stellt.« Sie überlegte. »Ein Bild, das zufällig gesendet wird, wenn die Familien sich gerade zum Abendessen im Ramadan hinsetzen ...«

In der Nacht, als Mina sich in eines der winzigen, dunklen Zimmer von Madame Lionne zwängte, konnte Hania – deren Vornamen »die Friedliche« heißt – keinen Frieden finden. Die übliche Schlaflosigkeit«, sagte sie zu sich, »ich schließe kein Auge bis zum Sonnenaufgang! Wie immer wird Mina zurückkehren, bevor die Hitze des Tages ausbricht – in jener Stunde, wenn die Hausfrauen in den Innenhöfen die abgetretenen Fliesenböden in verblichenem Orange und Grün mit großen Güssen rinnenden Wassers überschütten und aufwischen. Sie wird mit einem kleinen Mädchen aus dem gegenüberliegenden Haus kommen, das ihr folgt wie ein Schatten: Yasmina wird sich dann in eine Ecke setzen und mit den Knöchelchen spielen (dieselben, die Mina in ihrer Kindheit besessen und die Hania für sie aufbewahrt hatte). Yasmina wird »die aus Algier« – ihr Ausdruck für Mina, der Hania nicht gefällt – bitten, »eine Musik« zu spielen, es ist keine traditionelle Musik, auch nicht einer der aktuellen Schlager. Seit sie zum ersten Mal eine Mozartsonate hörte, ist das für sie ganz einfach »die Musik«. Dann schließen sie sich oben ins Zimmer ein.

Meine Schwester, die Tochter von Zoulikha, der Heldin von Caesarea, so denkt Hania, ist also dabei, eine Frau aus Algier zu werden. Das ist nicht gerecht! Schlaflosigkeit im weißen Herzen der Nacht verführt zu Grübeleien, Hania weiß das. Ohne auf ihr Lager zurückzukehren, wandert sie vom einen Winkel zum anderen. Als die Herrin des Hauses, das sie hat renovieren lassen, räumt sie noch etwas auf, ein Gegenstand, eine Decke sind nicht an ihrem Platz.

War sie ungeduldig wegen ihrer Schwester, auf die sie schon die ganze Woche gewartet hatte? Nein, immer am

Anfang der Ferien zog es Mina hinaus, sie wollte ihre vertrauten Orte aufsuchen, die Winkel in den Gassen, zwei oder drei Häuser, in denen ihre Mitschülerinnen aus dem Lycée wohnten, die hier geblieben waren. Dann ging sie zum Heiligtum von Sidi Brahmin am östlichen Eingang der Stadt. Sie hörte den Frauen vom Land so gerne zu und unterhielt sich mit ihnen. »Für mich ist das viel schöner, als an den Strand zu gehen!«, würde sie sich entschuldigen.

So quälte sich Hania bei Tag und bei Nacht mit ihren Gedanken. Wenn ihr Bruder in einem Jahr verheiratet wäre, was sollte sie dann tun? Er würde aus dem Haus ausziehen, vielleicht sogar aus der Stadt. Manchmal hoffte sie: Ob Mina endlich heiratete? Mit einem Ehemann würde sie vielleicht ihren Platz wieder hier einnehmen, im Haus ihrer Mutter.

Stimme von Hania, der Friedlichen

Es war im März 1957. Mein Mann hatte sich in Algier gerade einer Operation unterziehen müssen, war aus dem Krankenhaus entlassen worden und kam zurück nach Caesarea.

»Wo ist deine Mutter?«, fragte er mich.

Ich wollte nicht gleich alles sagen. »Im Hammam«, antwortete ich. Er war offensichtlich noch krank, ich wollte ihn schonen …

Einige Stunden später konnte ich nicht mehr an mich halten und erzählte ihm alles: »Meine Mutter lebt in einem Versteck. Sie möchte mit dir sprechen! Danach geht sie fort.«

Zu dem Gespräch mit meinem Mann – wir wussten ja, dass Zoulikhas Haus seit vielen Tagen überwacht und von den Anwohnern bespitzelt wurde – verließ sie völlig verschleiert den Unterschlupf, in dem sie sich befand, und ging zu einem Haus, dessen Bewohnern sie vertrauen konnte, nicht weit von hier. Sie übersprang zwei Trennmauern, kletterte eine Terrasse hinunter und konnte so im Geheimen mit ihrem Schwiegersohn alleine reden.

Sie haben sich unterhalten. Sie haben alles über die beiden Kleinen abgesprochen, meine jüngere Schwester und den Jüngsten, meinen Bruder. Dann ging sie zurück, wie sie gekommen war, zu der winzigen Hütte in den Obstgärten, wo sie sich während jener letzten Wochen versteckte …

Dorthin kamen sie und holten sie ab, hinauf in die Wälder.

Wir, mein Mann und ich, blieben hier zurück mit der Verantwortung für die Kinder, bis zum Ende. In den folgenden Monaten und dem ganzen nächsten Jahr lebte Zoulikha in den Bergen, die Caesarea überragen.

In dieser ganzen Zeit, Gott ist mein Zeuge, ruhte mein Ohr still auf meinem Kopfkissen: Denn ich wusste, Zoulikha lebte endlich so, wie ihr Herz es verlangte. Eines Tages, an einem Donnerstag, kamen gleichzeitig ein Telegramm und ein Brief bei uns an. Beide enthielten folgende Worte: »Die Mutter ist an asiatischer Grippe erkrankt.«

Wir begriffen beide sofort, dass sie sich in Gefahr befand.

Mein Mann hatte einige Monate zuvor wieder eine Stelle in der Verwaltung angetreten, das war in Burdeau, einem Dorf weit im Inneren des Landes. Die Kinder hatten wegen der Schule in unserer Stadt, in unserem Haus zurückbleiben müssen, eine Verwandte kümmerte sich um sie. Wir erhielten regelmäßig Nachricht von ihnen. Mein Mann konnte seinen Posten im Dorf nicht verlassen. Doch ich musste wegen der beunruhigenden Neuigkeiten von Zoulikha so schnell wie möglich nach Caesarea zurückkehren.

Der Verkehr in diesen Gebieten war sehr schwierig. Zweimal in der Woche wurden Konvois zusammengestellt, außerhalb von ihnen durfte kein einzelnes Auto fahren. Ich bat meinen Mann inständig, denn ich spürte, wie dringlich es war. Er passte den Lieferwagen der Zeitung *L'Echo d'Alger* ab. Er kannte den Fahrer, der um neun Uhr morgens vorbeikam und bis Algier fuhr. Aus Freundschaft für meinen Gatten ließ mich dieser Mann an seiner Seite mitfahren.

»Ich steige auf halbem Weg aus«, sagte ich ihm, »in El Affnoun, in der Mitidja! Von dort schaue ich, wie ich weiterkomme.«

Er setzte mich also am Eingang dieses Dorfes an einer Tankstelle ab. Ich wollte eigentlich auf den Autobus nach Caesarea warten. Aber ich wurde ungeduldig. Schließlich hielt ich einen Lastwagen an, der nach Marengo fuhr, ins Heimatdorf meiner Mutter, wo auch ich geboren war. Dort stellte ich mich wieder an eine Tankstelle. Ich hielt einen weiteren Lastwagen an, der nach der Gemeinde

Zurich (Sidi Amar) wollte. Dort stieg ich aus und beschloss, die zwei oder drei Kilometer bis zur Winzergenos-
senschaft des Dorfes zu Fuß zu gehen: So kam ich meinem
Ziel näher. Denn die Nationalstraße zwischen Algier und
meiner Stadt führt direkt dort vorbei. Wieder hatte ich
Glück: Wieder hielt ein Auto, und so gelangte ich nach
Caesarea.

Natürlich hatte ich, seitdem ich meinen Mann in Burdeau verlassen hatte, meinen Schleier abgenommen und
in meiner Tasche versteckt. Mit meiner europäischen Kleidung wurde ich wohl für eine Korsin gehalten, oder eine
Jüdin, also eine Frau aus ihrem Land. Ohne Schleier und
mit meinem akzentfreien Französisch konnte ich mich frei
bewegen.

Als ich meine Heimatstadt erreicht hatte, legte ich mir in
der Eingangshalle eines Hauses langsam meinen Schleier
einer Stadtbewohnerin über den Kopf und eilte, wieder
ganz ich selbst geworden, zum Haus meiner Mutter, wo
die Kinder sich über meine Ankunft sehr freuten. Ich sagte
ihnen nichts von meinen Befürchtungen. Ich zog mich um.
Es war vier Uhr am Nachmittag.

Ich ging sofort zu dem Anwalt, bei dem mich mein
Mann schon angemeldet hatte. Es war ein redlicher Franzose, der mit uns bekannt war. Er empfing mich mit Höflichkeit und Hochachtung, drückte mir auch die Hand.

»Zum Glück sind Sie gekommen! Sie haben aber lange
gebraucht!«

»Ich habe die Nachricht erst heute erhalten! In Burdeau
kam die Post verspätet an.«

»Seien Sie beruhigt. Ihre Mutter wurde im Rahmen einer größeren Operation verhaftet, es sind noch einige andere dabei, wie es scheint ein ganzes Netz. Aber sie ist die einzige Frau. Ich bin zuversichtlich. Ich werde alles daran setzen, dass sie gegen Kaution freigelassen wird … Kommen Sie am Montag wieder zu mir.«

Ich bezahlte ihm einen Vorschuss und ging fast beruhigt wieder nach Hause.

Am Montag suchte ich recht zuversichtlich den Anwalt auf. Als er mich einließ, war er nicht mehr derselbe wie zuvor: Er grüßte, ohne mir die Hand zu reichen. Sein Gesicht war verschlossen.

Aus einer Schublade holte er den Vorschuss heraus und reichte ihn mir. Ich war sprachlos.

»Hier ist Ihr Geld, Madame. Es tut mir unendlich leid. Ich bin wie gegen eine Mauer gerannt. Ich kann nichts für Sie tun! Keiner wollte mir irgendeine Auskunft über Ihre Mutter geben!«

Meinem Mann gelang es am gleichen Abend, zu mir zu kommen. Auch er ging am nächsten Morgen zu dem Anwalt. Ihm gegenüber hielt dieser mit der Wahrheit nicht hinterm Berg: »Ja, Zoulikha Oudai wurde verhaftet, aber danach haben sie sie getötet.«

Mein Mann erwiderte: »Dann sollen sie wenigstens ihre Leiche herausgeben. Helfen Sie mir dabei!«

»Es tut mir Leid«, antwortete der Anwalt. »Ich weiß, es wird unmöglich sein, Ihnen die Leiche zu erstatten.«

In den drei folgenden Jahren waren die Nachrichten, die wir erhielten, widersprüchlich. Manche sagten uns: »Sie haben sie umgebracht!« Und andere: »Sie haben sie nicht umgebracht! Sie halten sie an einem geheimen Ort gefangen!« Die Monate vergingen. Einer klopfte an unsere Tür: »Wir haben sie in diesem oder jenem Haus gesehen!«, flüsterte er, bevor er wieder verschwand. Ein anderer behauptete, in einem Gefangenenlager habe man ihm Zoulikha von weitem gezeigt. Ein Dritter war sich später ganz sicher, dass sie zu einer Gruppe gefangener Frauen gehörte, die ständig verlegt wurden. »Man hat mir eigens gesagt, da ist Frau Oudai!« So ging das bis zum Waffenstillstand im März 1962.

Ich schwankte zwischen Hoffnung und Verzweiflung. Ich konnte ihren Vornamen nicht mehr aussprechen ... Und die arme Mina, die damals heranwuchs, schreckte vor jedem Nichts zusammen, etwa, wenn einer vor unserem Haus um eine Auskunft bat, wenn ... Habe ich diese Jahre wirklich erlebt?

Dennoch war ich sicher: Wenn wir uns in den Wald begäben, aus dem sie Zoulikha geholt hatten, an jenem verhängnisvollen Tag, als all die alten Bauern der abgelegenen Dörfer dort versammelt waren, dann würde ich sie suchen, würde sie finden: tot oder lebendig! ... Dessen war ich mir sicher! Mehrere Male sah ich im Traum ihr Grab: erleuchtet, ganz allein, ein wunderschönes Grabmal, und ich weinte endlos vor dieser Ruhestätte. Ich wachte in Tränen aufgelöst auf und musste mich dann zu einem normalen Gesichtsausdruck zwingen, wegen der Kleinen.

Ja, habe ich wirklich jene Jahre des Wartens durchlebt, oder habe ich das alles geträumt, wie ein Schatten auf Zoulikhas Spuren? ... Dennoch war ich sicher, bei Sidi Abdelkader el-Djilani und all unseren Heiligen, dass ich ihr Grab finden und endlich erleichtert weinen würde, wie in meinen Träumen! Doch Mina, mein kleines Mädchen, die mit zusammengebissenen Zähnen, ausdruckslosen Augen, ständig in Büchern versunken aufwuchs, hat sich die Hoffnung bewahrt, das ist meine Überzeugung, dass Zoulikha am Leben ist!

Einige Tage nach dem Waffenstillstand (ich sagte Mina nichts davon, sie war rasch zu einer zerbrechlichen jungen Frau geworden) hat mich mein Mann heimlich zum Dorf der Oudai begleitet. Die Familie musste ja genau wissen, wo sie Zoulikha am Tag der Verhaftung aufgegriffen hatten. Ich bin dann in den dunklen Wald hineingegangen. Er war tief, obwohl an seinem ganzen südlichen Rand hunderte und hunderte von Tannen mit Napalm niedergebrannt worden waren.

Ein Bauer begleitete uns und zeigte uns die Lichtung, auf die Zoulikha in Ketten, zusammen mit drei weiteren Partisanenführern, gezerrt worden war. Der alte Augenzeuge sagte zu uns: »Hier stand der Lastwagen mit der Plane darüber! Auf der anderen Seite zwei, drei Panzer voller Soldaten. Sie war umgeben von einem Trupp einheimischer Soldaten mit einem Offizier. An der Stelle dort«, sagte er, »war der Hubschrauber gelandet. Ich höre noch das Geräusch des Propellers.«

Sonst hat er uns nichts erzählt, nicht einmal, wie man sie anschließend wegbrachte: im verdeckten Lastwagen, oder, wie das Gerücht ging, direkt mit dem Hubschrauber ... Wegen diesem Gerücht hieß es auch, man habe sie am Tag ihrer Verhaftung aus dem fliegenden Hubschrauber gestoßen. Ich habe diese Legende nicht geglaubt: Eine Gefangene wie sie haben sie sicher lange verhört!

Bei den Partisanen hieß es danach offenbar: »Eben weil Zoulikha nichts gesagt hat, kein Wort, kein Geständnis, haben sie sie am Ende, nach den vielen Folterungen einfach in den Wald geworfen! Den Schakalen zum Fraß!«

Der Augenzeuge – manchmal widersprach er sich, er war ja schon so alt! – verließ uns. Wir verbrachten den ganzen Tag in diesem riesigen Wald. Ich war sicher, ganz sicher, etwas von ihr zu finden. Ein Mahnmal, ein Zeichen, das ihre Waffenbrüder, die dem allem entkommen waren, zu ihren Ehren errichtet hatten. Aber da war nichts.

Was soll ich zu dieser tastenden Suche zwischen Dornen und Gestrüpp noch weiter sagen? Ein majestätisches Grabmal, das vergebens in meinen Träumen erschien ... Danach blieb ich wach bis zum Morgengrauen und irrte umher. »Wo ist die Leiche meiner Mutter?« Ich schrie, ich stopfte mir beide Hände in den Mund, um diese Worte nicht zu den Vögeln am Himmel hinaufzubrüllen.

Wenn es nur das geringste Zeichen gegeben hätte – gern hätte ich bis in Ewigkeit gesungen: »Ich habe, kraft des Glaubens und meines Willens, den unversehrten Körper meiner Mutter gefunden!«

Aber auf den Steinen, in den Gräben, auf den Eichen-
stämmen, nirgends war auch nur die geringste Spur von
ihr zu finden, nichts ...

Sagen Sie mir, die so lange danach hierher kommen: Wo
ist die Leiche meiner Mutter?

Auf diese Weise füllte sich die endlose Schlaflosigkeit der
ältesten Tochter Zoulikhas mit dünnen leisen Worten. Sie
spricht ohne Unterbrechung mit sich selbst. Ohne Luft zu
holen. Von der allgegenwärtigen Vergangenheit. Es überfällt sie wie ein Fieberanfall. Alle sechs Monate; manchmal nur einmal im Jahr: Die Krankheit lässt allmählich
nach.

Es war vor zehn Jahren, da begann in ihr dieses un-
unterbrochene Sprechen, das sie ausbrennt, sie manchmal
verdüstert, wie ein in ihrem Innern fließender Schleim, der
ohne Verlust abgesondert wird, nach außen ... Eine Leere
und ein heimliches Murmeln, nicht nur in ihrem fülligen
Leib, manchmal auch an seiner Oberfläche, sodass ihre
durchscheinende Haut davon erröten konnte: eine Haut,
die erschlafft ist vor lauter Spannung; die Kehle zuge-
schnürt, fast ganz in Tränen erstickt.

Diese Symptome verstärken sich noch an gewissen
Tagen im Monat: Dann bleibt Hania liegen. Sie hört sich
schweigend selbst zu, wie einer endlosen Meditation.
Manchmal dauert das ununterbrochen mehrere Tage.
Das Sprechen in ihr fließt dahin. Es geht von ihr aus (von
ihren Adern und Äderchen, ihren dunklen Eingeweiden,
es steigt ihr manchmal in den Kopf, pocht an ihren Schlä-

fen, brummt in den Ohren, oder trübt ihren Blick, so sehr, dass sie die anderen nur noch rötlich oder grün verschwommen sieht). Endlose Suche nach der Mutter, oder vielmehr, sagt sie sich: die Mutter in der Tochter, ja, die Mutter, die sich durch ihre Poren ausschwitzt und aushaucht.

Und eines Tages, da war sie sicher, würde die Mutter in ihr, die verstockte Taubstumme, plötzlich zu reden anfangen und sie bis in den Wald, zu dem versteckten Grab führen.

Aber nein! Nach dem Krieg erfüllte sich nichts von dem, was sie erhofft hatte. Wo war Zoulikhas Leichnam?

Nach dieser Enttäuschung blieb bei ihr eine Art Blutung der Worte zurück. Dagegen war ihre Regelblutung ausgeblieben, genau seit dem Tag ihrer Suche im Wald. Es kümmerte sie nicht. Die Nachbarinnen, die Verwandten des Mannes fragten, wenn sie sich schweigend hinlegte: »Wann kündigst du uns eine Schwangerschaft an? Oder eine Geburt?« Hania antwortete nicht. Sie wusste es: Das war die Besessenheit. Von anderen Frauen sagte man früher, sie seien »bewohnt« oder »besessen« – auf Arabisch hießen sie *meskounates* – aber das war immer ein Djinn, ein böser oder guter Geist gewesen, mit dem die Unglückliche sich einigen oder dem sie sich schweigend unterwerfen musste, manchmal ihr ganzes Leben lang. Eine Art unsichtbarer, bösartiger Liebhaber, der sie beherrschte und von innen heraus quälte. Die anderen Frauen erfuhren es, schwiegen, als erschrockene Mitwisserinnen, die es oft gar nicht wissen wollten.

Doch seit dem Krieg mit Frankreich waren all diese seltsamen Lebewesen verschwunden – Zoulikha hatte nie an sie geglaubt, sie hatte Hania gelehrt, sich vor solchen »Flausen« zu hüten – wahrscheinlich waren sie in andere Gegenden entflohen.

3

Erster Monolog Zoulikhas über
den Terrassen von Caesarea

Als sie mich aus dem Wald holten und ich aus dem Schatten trat, war es nicht die Versammlung der Bauern, die mich überraschte, ganz hinten, in einem weiten Halbkreis, direkt unter den zwei oder drei Hubschraubern, die dröhnend ziemlich nah am Boden schwebten, nein, mein Liebling, mein Leben. Was mir da ins Gesicht sprang, in die Augen und auf meinen ganzen erschöpften Körper (schon seit Tagen spürte ich seine Müdigkeit nicht mehr), das war das Licht!

Als würde mich der Erzengel Gabriel an meinen einzeln hochstehenden Haaren, an den ausgefransten Rändern meines staubigen Bauernumhangs in die Höhe heben, mich über der Menge und den dicht gedrängten Soldaten schweben lassen und mich dann allmählich hinunterlassen, über die in den Sonnenstrahlen glitzernde Stadt dort unten, mit dem Leuchtturm und dem römischen Platz, und dann über dich hinweg, die in unserem einfachen Innenhof kauert, den Kopf nach oben gewandt.

Auf meinem ganzen Weg umringten mich die Wachen; ein lautes Stimmengewirr. Aus den Zuschauern drängte sich ein Alter durch das Spalier der Soldaten, es gelang ihm, sich mir zu nähern. Von der Seite am wollenen Saum meines braunen Kleides zupfend, rief er mich, halb schluchzend: »Zoulikha! O meine Hadja!«

Er adelte mich. Sie stießen ihn grob zur Seite.

»Hab Geduld, mein Sohn!«, antwortete ich.

Zum Dank machte ich ihn jünger. Er hörte mich nicht, ich konnte ihn nicht mehr sehen. Denn das weiße, unwirkliche Licht überflutete uns und machte uns alle blind. Während ich bis zum ersten Militärlaster weiterging, stützte ich mich auf den Gedanken, dass sie, die Henker, die wortlosen Häscher, die grauen Männer mit ihren Schutzhelmen und Granaten, mich gleich in der reinigenden Luft auflösen würden.

An jenem Morgen habe ich mir vorgestellt, wie du um zehn Uhr im kleinen Hof mit den roten Geranien stehst, auf der anderen Seite der Jasmin, der jetzt halb verbrannt ist, du, ein Hausmütterchen von zwölf Jahren, mit ernstem Gesichtsausdruck, wie du mit großen Wassergüssen dem Kleinen den nackten Hintern und die Beine wäschst. Meinem Jüngsten, er ist erst sechs Jahre alt und schielt, das bereitet uns Sorgen. Die Nachbarin von gegenüber hat dir kaum »Guten Tag« gesagt. Denn sie hat Angst, diese Nachbarin. Es gibt mehr und mehr Spitzel, sogar in den verarmten, alten Innenhöfen ...

Über dem Laster liegt eine Plane. Im Hubschrauber, in dem sie mich emporheben werden, o ja, vielleicht lassen sie mich da endlich hinuntersehen.

Dich sehen, mein Leben, mit deinem kleinen dünnen Körper! Dein vom Warten angespanntes Gesicht unter den rötlichen Locken, die Arme über der flachen Brust verschränkt und ein Schönheitsfleck an der Schläfe ... Ich habe dich jede Nacht gestreichelt, in der Höhle, bevor ich aus dieser Gegend weggehen musste. Werden sie mich im Hubschrauber, in den sie mich führen, nach dir Ausschau halten lassen? Sie werden mich hinausstoßen, so drohen sie mir, gleich hinter dem alten Hafen. Wie eine überreife Feige, einsam auf einem Hang unseres Gebirges? Ich will dich vorher aus der Höhe betrachten, aus der sie mich werfen werden, trotz meiner Füße, die voll Blut sind, trotz meiner nach hinten gebundenen Haare, die im glitzernden Äther fliegen werden, trotz meiner Brüste wie flache Schalen, die sie foltern werden.

Jetzt grinsen sie, brüllen und schneiden Grimassen: »Diese Folter heißt ›Hubschrauber‹, entweder du redest, gibst die Namen des Untergrundnetzes, der Waffenlieferanten, der Banditen preis, du nennst die Führer der beteiligten Stämme, du verrätst die Namen derer, die in der Stadt mit dir zusammenarbeiten, auch die Frauen, die unter ihren Schleiern wie weiße Lerchen an der Verschwörung mitwirken, oder ...«

»Der Hubschrauber« sagen sie dazu ... Mich kümmert das nicht. Ich hoffe nur, dich besser zu sehen, mir auszumalen, wie ich dich streichle, obwohl mein Körper zur Schau gestellt, jetzt dem harten Licht des Mittags ausgesetzt ist.

Der Motor des verdeckten Lasters brummt. Drei oder vier Unteroffiziere schirmen mich ab, während ich gleich selbst hinaufklettere, zu schwer für sie, zu stolz ...

Da beginnt der Halbkreis der Bauern, die alles mit ansehen, auf uns zuzugehen, in einer drängenden Bewegung. Wie die kriechenden Füße einer Riesenschildkröte mit vielen Augen ... Der Kreis teilt sich, ich kann die Leute in der ersten Reihe erkennen: ein paar alte Männer, zwei oder drei von der vielen Sonne dunkel gebrannte Gesichter, daneben Trauben von Kindern mit blonden, schmutzigen Haaren, aber keine Mädchen, keine Frauen; nur ein einzelner, völlig vermummter Schatten, der plötzlich in einer schwungvollen Bewegung die Faust reckt, voller Wut. Ein Arm, ein nackter, kräftiger Arm mit zwei, drei Armreifen aus Zinn oder angelaufenem Silber, die die Strahlen des Morgens einfangen ... Diese hennagerötete Faust richtet sich drohend gegen die französischen Unteroffiziere!

Die zerfurchten Gesichter der Bauern, so nah ... Die namenlose Faust der vermummten Gestalt erfüllt mich mit heftigem, freudige Schreck – dabei höre ich das Knattern der Hubschrauber, die aufsteigen werden, und die gebrüllten Befehle der Soldaten, die herbeilaufen, um die Menge wegzudrängen.

Diese verschleierte Frau und dieses Licht, das uns nicht mehr blendet, sondern mit seinem Schein umgibt – es ist, als ob wir alle für dich, du ewige Zuschauerin mit den weit geöffneten Augen und dem vom Warten gespannten Gesicht, selbst die Bewacher mit ihren lärmenden Geräten, als ob wir ein antikes Schauspiel in der schlummernden Stadt aufführen.

Meine anwesende und abwesende Mina, ich sehe dich vor mir in unserem kleinen Hof. Eines Tages wirst du bis hierher laufen, bis an diesen Ort, von dem sie mich weg-bringen. Du wirst bis zu der Stelle eilen, wo ich vom Erd-boden aufsteige.

Blitzartig habe ich mich losgekämpft – ein Wachsoldat hatte seine schwere Waffe auf meine Schulter gelegt. Ich richte mich an die noch gereckte Faust der Unbekannten, an alle Unbekannten, ich mustere die versteinerten Gesichter der alten Männer, alle, ich sehe sie von stum-men Tränen überströmt.

»Warum weint ihr?«, schreie ich. Ich spreche voll Zorn, denn ich stelle mir vor, dass du diesmal, dies eine Mal mich im Herzen der reglosen Stadt hören wirst, dass die ganze geknebelte Stadt mich hören wird!

»Warum weint ihr?«, rufe ich – mein plötzlich leicht gewordener Körper wendet sich um, hin zur Wache, zu den Lastern, den Militärs im Hintergrund, zu den Hub-schraubern, die jetzt landen.

»Schaut euch das alles an!« Meine Gebärde gilt jetzt wieder dir, der Zuschauerin dieser wie eingefrorenen Szene, damit in zwanzig Tagen oder zwanzig Jahren, was bedeutet das schon, meine Gebärde diesen übertriebenen Aufwand ihrer Armee anprangere. »Schaut, meine Brü-der, all das nur für eine Frau!«

Das Gewehr der Wache neben mir landet schwer auf meinem Rücken. Ich zucke zusammen, doch es gelingt mir, nicht einzuknicken. Es braucht drei Mann, um mich gewaltsam wegzutragen und unter die Plane des Lastwa-gens zu schaffen.

Schlagartig bin ich vom Licht ausgeschlossen. Danach: bodenlose Schwärze, krallender Schmerz wie unter Schmiedehämmern. Doch warum hier davon reden …

Merk dir, mein Liebling, bewahre dir nur diese Stimme – meine morgendliche Stimme vor dem Wald, die dich eines Tages erreichen wird – und vergiss nicht die Sonne, während sie mich wegbringen.

Suche später die Gesichter von einigen dieser Bauern, die zum ersten Mal in ihrem Leben dem Weinen nachgegeben haben! Finde heraus, welche der Frauen so die Faust gereckt hat, ja, suche sie unter all den abgetragenen Wollschleiern, weiß oder verschmutzt, selbst bei den Frauen, die verschämt die geschminkten Augen senken. Auch die andere Hand, die das Tuch vor die Nase und den herrischen Mund hielt und die gleichen Armreifen aus Zinn oder angelaufenem Silber trug, auch sie sollst du ergreifen, auch nach zwanzig Jahren!

Meine Schmährede, meine rauschhafte Auflehnung wird neu erstehen in unserem unerschöpflichen Licht, in diesem Glitzern kurz vor Mittag und wenn es gleich darauf über Caesarea zerfließt.

Ich weiß, du wirst diese Szene immer wieder vor dir sehen. Ich weiß, eines Tages wirst du herbeieilen, vielleicht wirst du dir die Knie aufschlagen, aber du wirst zu mir kommen, ganz nah – heute, Mina, meine Prinzessin!

4

»Meine Schwester,
die Kleinen belasten mich!«

Die Verlobungsfeier des Bruders ist endlich vorbei. Am
nächsten Morgen kommt Mina ins Hotel, um die Fremde
abzuholen. Sie hat sich vor kurzem einen kleinen Wagen
gekauft und bietet an, mit ihr zu Zohra Oudai zu fahren,
zu ihrer Tante, die auf den Hügeln wohnt, in den Ausläu-
fern des Dahra-Gebirges.

Während das Auto sich langsam die Schwindel erregenden Pfade hinaufwindet, erzählt Mina am Steuer von ihrem
Vater: »Als Hadj Oudai oder ganz einfach El Hadj, so war
er in der Stadt im nationalistischen Untergrund der ersten
beiden Kriegsjahre bekannt. Mein Vater, der dritte Ehemann von ... meiner Mutter ... war ein gläubiger Muslim.«

Die Mitfahrerin an Minas Seite erinnert sich: »Ich weiß
noch, am 8. Mai 1945, als es im gesamten Osten des Landes einen Aufruhr gab und danach die schreckliche Repression, war hier in Caesarea eine Verschwörung aufge-
deckt worden. Es stand Sprengmaterial bereit, um die
Tore eines Waffendepots in die Luft zu jagen und an sehr
viele Waffen zu gelangen. Die Verschwörer wurden verraten, noch bevor sie begonnen hatten. Vier oder fünf junge

Kämpfer und ein Unteroffizier, der aus der Kabylei stammte, wurden verhaftet. Einer von ihnen war der Neffe meiner Großmutter mütterlicherseits, er wurde zunächst zum Tode und dann zu lebenslanger Haft verurteilt. Ich kann mich noch genau an eine seltsame Trauerszene bei uns im Haus erinnern, da stand seine Mutter und empfing Beileidsbesuche, obwohl keine Leiche aufgebahrt war ...«

»Im Jahr 1945, meinst du? Ich glaube, am Ende dieses Jahres lernte Zoulikha meinen Vater kennen, sie heirateten 1946. Sie kam aus Hadjout und sollte nun in Caesarea wohnen. Weil die Sitten hier konservativer waren, war sie bereit, wie die anderen Städterinnen zu leben: mit dem Schleier und auf das Haus beschränkt.«

»Dein Vater, das hat mir deine Schwester neulich erzählt, dein Vater war Pferdehändler, nicht wahr? Fahren wir jetzt zu seiner Sippe?«

»Meine Schwester, sie ist ja das Kind vom ersten Mann meiner Mutter, hat mir erklärt, dass El Hadj bei seiner Pilgerreise nach Mekka im Jahr 52 oder 53 auch Ägypten und Syrien besuchte und mit einem völlig gewandelten politischen Bewusstsein zurückkehrte. Bis dahin hatte er mit einigen anderen Notabeln dazu beigetragen, eine private *medersa* zum Unterricht der arabischen Sprache zu gründen – sowohl für Mädchen wie für Jungen. Diese Schule wurde in einem großen Haus eingerichtet. Es gehörte einem reichen Mann, der nicht von hier stammte, sondern wegen seiner nationalistischen Gesinnung nach Caesarea verbannt worden war. Sie nannten ihn *menfi*. Als er sich einige Jahre später wieder frei bewegen durfte, schenkte er dieses Haus als Stiftung an die Bürger der Stadt, mit der Bedingung, dass sie darin diese *medersa* eröffneten. Der Unterricht der arabischen Sprache sollte endlich modernisiert werden.«

»Ich erinnere mich«, sagt leise die Fremde, die gar nicht so fremd ist. »Eine meiner Kusinen, die diese Schule besuchte, sang in Hocharabisch einen Abzählvers:

Wir haben eine Sprache, Arabisch
Wir haben einen Glauben, den Islam
Wir haben ein Land, Algerien!«

Sie summt, unsicher in der Melodie. »Der Rhythmus war mitreißend! Ich war darüber ganz erstaunt!«.

»Ich auch«, wirft Mina ein, »ich lernte dieses Lied einige Jahre später. Ich fand es ein wenig simpel. Im Grunde Drei in Einem. Nur weil der Islam der dritte Monotheismus ist, muss da wirklich immer diese unantastbare Einheit verdreifacht werden?«

»Wir wollen etwas eigenes singen!«, schlägt ihre Begleiterin vor.

»Wir haben drei Sprachen
und die Berbersprache zuerst!

Und, da es die Religion nun einmal gibt:

Wir haben drei Lieben
Abraham, Jesus und Mohammed!«

69

Mina führt das Spiel weiter, während sie sich den Hügeln mit den blühenden Obstgärten nähern: »Wir können auch unsere berühmten Vorfahren erwähnen:

Jugurtha starb verraten in Rom, fern von
 seinem Land
Kahina, Herrin des Auras und besiegt, nahm sich am
 Brunnen das Leben
Abdelkader entschlief, verbannt in Damaskus,
 bei Ibn Arabi.«

»Drei in einem Land: drei Sprachen, drei Religionen, drei Helden des Widerstands, ist dieses Spiel nicht besser?« Diesen Schluss spricht die Besucherin jedoch nicht laut, sondern nur für sich.

Ankunft im Dorf. Mina hält vor einem kleinen Hof, der von einer Jojobahecke umgeben ist. Die beiden Freundinnen scheinen ein fröhliches Einverständnis gefunden zu haben.

Minas Tante, Zohra Oudai, eine alte Frau mit hohlwangigem Gesicht und lächelnden Augen, empfängt sie auf der Schwelle des Hauses. Die Ankommenden begrüßen sie nach traditioneller Sitte: Sie berühren die Hand der alten Dame mit den Lippen, dann verneigen sie sich, um ihr die Schulter zu küssen.

Sie duftet nach Jasmin und ihr halb angedeutetes Lächeln zeigt heitere Erwartung. Sie hat für sie in ihrem Bauernofen Gerstenbrot gebacken. Sie bietet ihnen auch mit ein wenig Honig befeuchtete Fladen vom Morgen an.

Sie sitzen um den niedrigen, lackierten Holztisch, die Gastgeberin schenkt den dampfenden Tee auf Pinienkerne in hohe farbige Gläser ein. Nach einem forschenden Blick auf die Fremde fährt sie diese mit rauer Stimme an: »Du bist das also, von der wir gehört haben, dass du Fragen über Zoulikha Oudai stellst?« – Sie fängt sich wieder und sagt dann versöhnlicher: »Über unsere Zoulikha?«

»Ich bin nach Jahren im Exil in unser Land zurückgekehrt. Hätte ich nach Caesarea kommen und in dem alten Haus meines Vaters wohnen können, so hätte ich Sie sicher schon früher besucht.«

»Jede Verzögerung, jede Verspätung«, erklärt Zohra Oudai in Anlehnung an ein gängiges arabisches Sprichwort, »enthält ein verborgenes Gut, da kannst du sicher sein ...« Diesmal wirkt ihr Lächeln offener, mit ihren Fingern sucht sie für die Besucherin den dicksten Fladen aus. »Selbst wenn du einige Jahre später zu uns kommst, so bleiben unsere Worte die gleichen«, schließt sie. »Unsere Erinnerungen sind wie dieser Stein.« Sie klopft mit der Hand auf die brüchigen Steinplatten an ihrer Seite. »Unzerstörbar!«

Sie bricht mitten im Schwung ihres Satzes ab, ihr Blick schweift in die Ferne, wird plötzlich ganz gedankenverloren, dann fügt sie mit kaum spürbarer Traurigkeit hinzu: »Nur die Bitterkeit in unseren Herzen, die bleibt!«

In dem Haus in den Obstgärten vergeht dieser ganze Nachmittag am Ende des Frühlings mit Erinnerungen. Dann steigen die beiden jungen Frauen wieder in den Wagen. Die Fremde trägt einen riesigen Mimosenstrauß in ihren Armen.

Auf der Rückfahrt hört sie, während sie ab und zu die Nase in die duftenden Blumen steckt, wieder in einzelnen Satzfetzen die Worte von Zohra Oudai.

»Wenn dieser niedrige Tisch sprechen könnte … Er ist das einzige Erinnerungsstück, das mir von meinem niedergebrannten Haus geblieben ist.« Nach einer Pause: »Wenn Zoulikha ins Dorf kam, brachte sie Medikamente, sie brachte Schießpulver, sie brachte Geld! Sie verkleidete sich als alte Frau – dabei war sie damals noch so schön! Sie nahm ihr Gebiss heraus, löste die Haare und versteckte sie unter einer Bäuerinnenhaube, wie man sie hier liebt, aus leuchtend-schwarzem Serge mit Orange. Sie legte sich noch ein abgetragenes Stück Tuch über Kopf und Schultern. Als wenn sie arm gewesen wäre! … Sie hätte in der Stadt ein reiches Leben führen können, aber all ihr Geld und das von El Hadj hatten sie zu einem großen Teil gespendet, zuerst für die *medersa* und dann, nachdem die Zeit des offenen Kampfes angebrochen war, für die Organisation!«

Zohra Oudai hatte den Kopf geschüttelt, sie war in die Vergangenheit getaucht, um sie noch einmal zu erleben – die Bitterkeit war aus ihrer Stimme verschwunden, sie war fast fröhlich geworden, auf jeden Fall eine ungestüme Erzählerin, als befände sie sich noch »in den Zeiten des offenen Kampfes«, was ihr ein inneres Leuchten verlieh.

»Also wenn unsere Zoulikha als Mann geboren worden wäre, sie hätte bei uns General werden können, auch bei vielen anderen Völkern, denn sie hat sich nie vor jemandem gefürchtet und sie liebte die Tat, noch mehr als mein Bruder El Hadj – Gott möge ihm im Paradies der Helden beistehen! Er war weich; tapfer, aber zu weich!«

Sie seufzte erneut.

»Sie kam und ging, unsere Fürstin, viele Monate. Sie sah aus wie eine Landfahrerin, fast eine Bettlerin, wie man sie auf dem Markt sieht, diese Händlerinnen, die Eier, Hühner und Heilkräuter verkaufen. Zoulikha trug ihren Korb wie diese Alten, die ohne Scheu auf den Straßen wandern: ohne Heim und Schutz ... Was hat eine alte Frau zu befürchten, na was schon? Nicht einmal die Diebe! Tja ...« Sie versank in Schweigen, dann gab sie sich einen Ruck und sprach weiter: »Zoulikha ging hinunter und kam wieder herauf, von eurer Stadt hier in unsere Hügel und weiter in die Berge, sie kannte den Weg zu jedem Unterschlupf ... Vor allem das viele Pulver, das sie so getragen hat, Korb für Korb, wie ein Lasttier!«

Zum Schluss, kurz bevor sie sich verabschiedeten, sagte Zohra noch: »Sagt mir, meine Wachtelchen, wo kann man in unseren Tagen so eine Frau finden?«

Während das Auto wieder ins Innere der Stadt einfährt – die Besucherin möchte Hania Guten Tag sagen, denn sie hatte am Vortag nicht den Mut gehabt, sich beim Fest unter die Gäste zu mischen – scheint die Stimme Zohra Oudais die beiden zu umhüllen, sie auf ihrem Weg weiter zu drängen, auf einer bewegenden, unermüdlichen Fährte, ein unmerklicher Fluss, der ihnen leise am Ohr spricht, während sie beide einträchtig in Schweigen verharren.

Stimme von Zohra Oudai

Zu jener Zeit blieb Zoulikha häufig nachts bei mir im Unterschlupf.

(Das Wort »Unterschlupf – refuge« wird französisch ausgesprochen, es sticht fremd aus der arabischen Volkssprache heraus, klingt etwas unbeholfen durch den Akzent, der den Leuten aus den hiesigen, eher berbersprachigen Bergen anhaftet. Von Zeit zu Zeit verjagt Zohras Hand, die sie sonst an die Stirn gelegt hat, während sie den Ellbogen auf das aufgestellte Knie stützt, mit einer raschen, regelmäßigen Bewegung die Fliegen oder fast unsichtbaren Mücken.)

Wenn der Politkommissar (wieder ein Wort in Französisch) dazukam, hielt er alles schriftlich fest, was Zoulikha brachte. Sie schrieben (denn es kam nicht immer derselbe) das alles auf meiner *meida,* diesem Tisch hier, ach, wenn er eine Seele hätte, wie könnte er reden! ... (Darüber lässt sie ihr Lachen, fast ein Kinderlachen, ertönen.)

Die Politkommissare schrieben! Und sie auch. Denn sie brachte aus der Stadt alles herauf, was sie konnte. Sie lief und lief, die Arme! Gegen Ende konnte sie fast nicht mehr ...

(Das Auto fährt langsam, als käme Zohras Stimme hinter ihnen her, wie eine Rassestute oder Giraffe, oder auch ein Sloughi, ein Rassehund!)

Als Zoulikha einmal bei mir Obdach gesucht hatte, drohte unversehens große Gefahr. Schlagartig waren alle unsere Häuser voll mit Söhnen Frankreichs ... Keine Chance zu fliehen, da sagte ich eilig zu Zoulikha: »Bleib da, rühr dich nicht von dem kleinen Tisch weg! Mach dich mit gesenktem Kopf daran, die Gerstenkörner zu verlesen!«

(Zohra Oudai hielt mit abwesendem Blick inne.)

Früher weinte ich, wenn ich diese Szene erzählte, jetzt sind all meine Tränen eingetrocknet! (Mit Mühe redete die Erzählerin weiter:) Ich gab ihr also mit Ton vermischte Gerste, so, in lauter kleinen Häufchen auf dem Tisch verteilt.

»Bleib gebückt auf dem Boden sitzen«, flüsterte ich. »Wetten, dass sie nichts bemerken!«

Ich hatte meine Gebetsschnur in der Hand und stellte mich neben dem Eingang hin, ganz gespannt. Die Brüder, das heißt die Mudschaheddin, hatten kurz zuvor mit knapper Not fliehen können. An der Tür beobachtete ich, was draußen vorging, ich sah, dass die Soldaten alle Frauen aus ihren Hütten herausholten: fast alle, und sie führten sie weit weg vom Dorf, hinüber zum Wald! Ich erkannte unter ihnen sogar eine meiner Cousinen!

Alle trippelten sie im Gänsemarsch, die Soldaten waren von den Lastwagen heruntergeklettert und trieben sie Gott weiß wohin, der Prophet möge die Gläubigen beschützen!

Ich kam zurück in meinen Hof und wisperte Zoulikha zu: »Geh mit meiner Enkelin!« – Die Kleine war fünf Jahre alt, es war die Tochter meines Sohnes. »Geht zusammen bis zu dem hinteren Obstgarten. Dort könnt ihr euch nützlich machen, indem ihr das Wasser in den Gräben und Kanälen so leitet, dass der Boden der Gärten bewässert wird. Dazu ist jetzt genau die richtige Zeit. Beschäftigt euch ganz mit dieser Aufgabe, schaut auf nichts anderes! Ich hoffe, sie holen euch dort nicht weg!«

Ich wollte ihnen den Eindruck geben, ich sei mir sicher, aber meine Wachtelchen, wie konnte man zu jener Zeit bei irgendetwas sicher sein? Natürlich bei nichts!

Zoulikha nahm genauso ruhig wie immer mit ihrem Bauerntuch über dem Kopf meine Enkelin bei der Hand und sie gingen, um hinten unter den Obstbäumen gebückt zu arbeiten.

Schlagartig waren die Soldaten bei mir. Ich erinnere mich noch gut, sie schauten meine Tanten und meine Kusine genau an. Diese hatten mich bis dahin übrigens kritisiert, sie erwarteten alle von mir, dass ich etwas für sie tat, dass ich jede von ihnen aus dieser Bedrängnis befreite ... Nachdem das Gewitter vorüber war, sich unsere Angst gelegt hatte, brachen wir alle in lautes Gelächter aus, scherzten, nur, um unser Herz etwas zu erleichtern.

Da sagte ich zu ihnen: »Denkt ihr eigentlich, meine Töchter, ich sei zufällig ein französischer Oberst?«

Und alle lachten schallend.

Jedenfalls, genau an dem Tag, während ich mich noch um Zoulikha sorgte – die Arme war ganz allein mit der

Kleinen, die beiden hängten die Beine in das plätschernde Wasser im Obstgarten – betrat plötzlich ein französischer Offizier meinen Hof. Ich erinnere mich an seine Erscheinung, er war groß, von einer teuflischen Schönheit, die dir Angst einjagte, die Haut weiß und rot, wie sie fast alle aussehen, und dazu ein Bart bis hierher! (Mit kindlicher Bosheit legte sie ihre Hand in die Höhe ihrer Brüste.)

Dieser Offizier fuhr mich an (und sie mimte ihr Französisch wie auf einer Theaterbühne): »Na komm, komm Frau!«

Das hat er gesagt, und ich habe ihm geantwortet: »Nein! ... Nein! Das ist Verbot! ... Ja, (sie lacht) Verbot!«

Das kann ich, o ja! ... Denn mit der Angst, meine Mädchen, lernt ihr alles, Französisch und sogar die Sprache des Dämons, wenns sein muss. (Jetzt wird sie wieder ernst) »Verbot!« rufe ich also, und er antwortet (ihre Stimme schwillt an, als käme sie unter dem langen Bart hervor, den Zohra wieder andeutet): »Frauen ... Wilde!«

Ja, das hat er gesagt ... »Wilde«: Das waren wir also für diese Männer auf dem Lastwagen, wir Armen, heilige Witwen des Propheten!

Eine meiner Nachbarinnen schrie, als sie abgeführt wurde, mir in Berbersprache zu, dass sie nicht gehen wollte. O nein, sie weinte nicht, sie wurde wütend. Und ich gab ihr den Rat: »Sprich eine andere Sprache, meine Tochter, und gehorche! ... Möchtest du heute Abend in der Abdeckerei liegen?«

Sie warf mir einen Blick zu, sah mein ernstes gefasstes Gesicht und gehorchte. Sie ging hinaus ohne ein weiteres Wort.

Auf diese Weise rettete ich Zoulikha, denn sie gelangten in ihrer Suche an jenem Tag nicht einmal bis zum Obstgarten.

Minas Wagen stoppt vor Hanias Haus. »Du bist zu Hause, auch hier!«, sagt Mina leise zu ihrer Begleiterin, indem sie mit der Hand auf das Nachbarhaus mit seinem Portal aus altem abgenutztem Holz weist, dessen Klopfer von einer Hand Fatimas aus Kupfer gebildet wird.

»Tatsächlich weiß ich nicht einmal, ob noch eine meiner Cousinen dort wohnt!«

»Nein, es steht seit mindestens zwei Jahren leer!«, antwortet Mina, während sie die Freundin bei ihrer Schwester Hania eintreten lässt.

»Nirgends mein Vaterhaus!«, eine seltsame Klage, die Fremde singt sie sich, nun ernst geworden, selbst vor.

Sie steigen zusammen in den ersten Stock hinauf. »Dies ist mein Zimmer«, erläutert Mina. »Hier lasse ich meine Bücher und all meine Sommersachen, denn hier verbringe ich jedes Jahr die Ferien.«

Gegenüber wird die Tür zu einem tiefen, kühlen Raum geöffnet.

»Hania«, wispert Mina, »ist von den Vorbereitungen der ganzen letzten Woche und vom Fest gestern müde. Sie ruht sich aus.«

»Wir wollen sie nicht stören«, versichert die Besucherin. Sie gehen wieder hinunter zu ihrem Platz unter dem Zitronenbaum.

Im Halbdunkel liegend hat Hania die flüsternden Stimmen der beiden jungen Frauen gehört ... Ich stehe auf und gehe zu ihnen ... Als Gastgeberin bin ich dazu verpflichtet!

Matt schläft sie noch einmal ein paar Minuten. Dann verfällt sie in einen Wachtraum.

Gestern die Verlobungsfeier des Jüngsten! Das Wohnzimmer, der Innenhof, das ganze Haus voll, dreißig, vierzig Frauen aus der Stadt – jede kam wie üblich mit zwei oder drei kleinen Kindern. Ein paar halbwüchsige Mädchen wurden auch mitgebracht, damit ihre viel versprechende Anmut von einer alten Verwandten, einer Heiratsvermittlerin oder einer künftigen Schwiegermutter bewundert werden konnte. Die Frauen der Familie kamen, um mir beim Verteilen kühler Getränke und der Kuchen zu helfen, die ich zuvor viele Tage lang gebacken hatte. Während wir auf das Erscheinen des jungen Paares warteten (zuerst die Braut, umringt von ihrem Gefolge, dann er, mein Kleiner, mein Bruder kurz danach, ganz starr vor Schüchternheit, er setzte sich neben sie, beide hielten den Blick gesenkt; sie schauten sich nicht an, keiner von beiden!) Sie würden sich Seite an Seite für das Familienalbum aufnehmen lassen, für das Video irgendeiner Kusine, die studierte und sie schon beneidete, hoffte, selbst bald an der Reihe zu sein – und die offenen Blicke der vierzigjährigen Matronen, ganz entzückt über so viel Modernität: Welch ein Glück, sich so zeigen zu können, an der Seite des Versprochenen, vor all den Damen! Das Summen der

Stimmen hielt an beim Warten auf den Höhepunkt des Festes.

All das war erst gestern, gestern! Endlich ist alles vorbei, das Stimmengewirr, die vielen Leute, die Neugierigen! Ich muss zu Mina hinuntergehen und zu der anderen, jetzt, da wieder Stille und Ruhe eingekehrt ist. Das Fest ist wirklich vorbei, das einzige Fest seit ... seit dem Tod meiner Mutter. Aufstehen! Ich muss aufstehen! Die Stimme in mir tritt wieder an die Oberfläche, ein unverständliches Gemurmel, in einer früheren Sprache, einer unbekannten, vorzeitlichen Berbersprache, ein Lybisch, das aus der Zeit vor zweitausend Jahren entspringt, ein Gurgeln in den Höhlungen meines Leibs. Steh wieder auf, reiß dich zusammen! Es ist leicht, alles muss leicht für dich sein, du bist doch die Tochter von Zoulikha! Soll ich hinuntergehen und mich unter den Zitronenbaum setzen?

Sie unterhalten sich dort unten: Meine Schwester ist jetzt erwachsen, sie hat gelernt zu schweigen, aber mit dieser Frau spricht sie oder hört zu. Mich zu ihnen setzen, zu meiner Schwester und der Nachbarin. O Zoulikha, meine Freundin, andere sagen »meine Mutter«, ich gehe wegen ihnen beiden hinunter, aber vor allem um deinetwillen ...

Noch gestern haben mich die geladenen Städterinnen mit ihren Gesprächen umringt. Die Worte sind dabei nicht von Bedeutung, bei diesen althergebrachten Formeln für die Begrüßung, die Segnungen und Anrufungen.

Es geht nur darum, zu summen, zu flüstern, sich unter den anderen in dieser Atmosphäre aufzulösen: in lautwer-

denden Stimmen, im Schall der Ausrufe, im unterdrück-
ten Stöhnen, den kleinen Kratzern, die wie Nadeln in der
zugeschnürten Kehle stecken bleiben, einmal, so oft, so
viele hinuntergeschluckte Tränen, so viele nicht ausgesto-
ßene Seufzer.

Nur aufeinander hören, zu vielen, wie gefesselt, in
einem ausweglosen Schicksal!

Nur einander zuhören, wie man über das Wetter
spricht, über die Gesundheit der anderen, der Verwandten, der Schwiegereltern, die einem das Licht versperren,
einem die Ruhe, die Erholung und die Stille rauben!

Nur wie Perlen an der Gebetsschnur die Hochzeiten
vorüberziehen lassen, die Geburten, Beschneidungen, die
Pilgerreisen nach Mekka, die Begräbnisse, sie nur aufzäh-
len, ihren Ablauf auf einen unsichtbaren Kettfaden weben,
ohne Muster, ohne Farben oder Schattierungen, ohne
einen Seidenfaden, o Sendbote Gottes! ...

Zu dir, meine verlorene Mutter, meine lebendige Zoulikha, steige ich diese Treppe hinab! Um deinetwillen,
dahin, wo das Licht gleißt, das dich entblößt, versengt,
nicht das Licht, das dich erstickt.

Für den Abend hat Hania die Freundin ihrer Schwester
zum Abendessen eingeladen. Ihr Ehemann ist auch anwesend; doch er verlässt sie recht bald. »Eine Versammlung
unter Männern in der Stadt«, sagt er mit einem entschul-
digenden Lächeln. Hania wirkt ganz verändert, sagt sich
die Besucherin. In dem Interview am ersten Tag war sie
recht distanziert gewesen.

»Ich dachte, das Fernsehen bräuchte einen Dokumentarfilm, wie es so viele über die toten Helden gegeben hat! Wenn Zoulikha heute lebte, würde sie mit ihnen allen aneinandergeraten! ... Es kommt mir manchmal so vor, als seien sie – jeder aus anderen Gründen – erleichtert, ja, das ist das richtige Wort, erleichtert, dass sie, meine Zoulikha, verschwunden ist!«

Sobald von Zoulikha die Rede ist, springt Mina unter irgendeinem Vorwand auf, um ihre Gefühle in den Griff zu bekommen. Doch diesmal rührt sie sich nicht, sie wirkt wie betäubt.

Hania schlägt vor: »Wir sollten alle drei in den nächsten Tagen zu Lla Lbia gehen. Sie war die einzige Stütze meiner Mutter, als sie monatelang von diesem Kommissar Costa verhört wurde und anschließend zu den Partisanen gehen wollte. Ja, Lla Lbia war ihre Verbündete, als Zoulikha zunächst zur Sippe der Oudai hinaufging, in ihre Obstgärten. Von dort stieg sie als alte Frau verkleidet in die Stadt herunter, ihr ging immer ein Führer voran, und sei es nur, um mit ihr durch eines der Tore in der Stadtmauer zu gelangen – die Stadtmauer ist verschwunden, aber die beiden Tore nicht. Die Kontrolle war dort am Tag sehr streng!«

Mina mischt sich in Französisch ein: »Madame Lionne« – sie lächelt, denn sie übersetzt den erhabenen Vornamen der Kartenlegerin gern aus dem Arabischen – »Madame Lionne oder Lla Lbia, wie Sie möchten, war die treibende Kraft der Städterinnen im Untergrund, sie lieferten ihr Medikamente, Geld und Männerkleider.«

Ein junges Dienstmädchen tritt ins Wohnzimmer und nähert sich den Lampen.

»Dora«, sagt die Hausherrin, »zünd die alte Öllampe im Leuchter hinten an, aber nur schwach.«

Hania entschuldigt sich: »Mein Herz ist auf einmal ganz wehmütig! ... Trotz der großen Freude meines Bruders ... Er sah so schön aus, er strahlte an der Seite seiner Versprochenen! ... Trotz alledem, oder vielleicht wegen dieses biederen Geredes der Bürgerinnen ... In ihrem Dünkel behaupten sie fast alle, sie seien andalusischer Herkunft, dabei ist meist ihre Mutter oder Großmutter von den Bergen heruntergekommen, und das ist noch gar nicht lange her ... bin ich heute in Sehnsucht versunken.«

»Wir hätten herkommen sollen, um dich zu Tante Zohra mitzunehmen!«, sagt Mina entschuldigend.

»Nein. Es gibt Tage, an denen mir Zoulikha noch mehr fehlt als sonst: Ich möchte herausfinden, warum ich so häufig in diesen Zustand verfalle, nach fast fünfzehn Jahren!« Sie senkt die Stimme. »Ich bin davon wie besessen!«

Im flackernden Schein einer Kerze breitet sich ungewisses Schweigen aus. Die Besucherin schaut auf, in Hanias Gesicht. Eine Träne läuft über ihre breiten Wangen; der Blick ist in die Ferne gerichtet, Hania merkt gar nicht, dass sie weint. Sie macht keine Anstalten, nicht einmal mit den Fingern, um das Wasser der Erinnerung von ihrem Gesicht abzuwischen. Einige Minuten später ist es wieder trocken – oder vielleicht hat das Halbdunkel die Spur getrunken.

Hania spricht mit fester Stimme. »Seht ihr (sie wagt die Fremde nicht beim Vornamen zu nennen, aber sie geht zum Arabischen über, bei dem das Duzen leichter fällt), meine Freundin und du (sie wendet sich vertrauensvoll an Mina), mein kleines Mädchen, ich habe nicht einmal ein Grab, vor dem ich mich am Freitag verneigen kann ... Ein ›Grab meiner Mutter‹ wie so viele Frauen meines Alters. Wir sind ärmer dran als die anderen Waisen. Ich würde Kerzen mitnehmen, Gaben hinlegen, Naturalien oder Geld, beim Ashurafest würde ich, wie jede Muslimin, den Bedürftigen etwas spenden. Und vor allem würde ich, allein mit Zoulikha, meine Stirn zu ihrem Staub niedersenken, auf den feuchten Boden, wo ihr Leib ruht ... Dann (ihre Stimme bricht) würde ich mit ihr sprechen. Ihr würde ich mich anvertrauen. (Sie schreit:) Ich würde es dir erzählen, Zoulikha!«

Auf einem Teppich sitzend beginnt Mina wegzurücken, sie bleibt weiter in der Hocke und stößt sich mit den Fersen ab. Sie gleitet fort, verschwindet ins Dunkle, vielleicht auch weiter weg, in eines der Zimmer.

»Wenn mein Vater vor mir stürbe«, sagt die Fremde, die nun allein ist mit der aufgewühlten Hania, »das könnte ich nicht ertragen: dass sein Gesicht ... seine Augen begraben werden! Nein, das wäre zu schlimm!«

»Der Friedhof unserer Stadt ist sehr schön«, erwidert die Gastgeberin. »Am höchsten Punkt, über den Lebenden, überblickt er die Stadt und ihre Terrassen, den Hafen, den Leuchtturm. Ein jeder unserer Toten – dabei spreche ich nur von den Muslimen«, berichtigt sie sich, »ich kenne nur unseren Friedhof – jeder, der dort liegt, könnte sich erheben, wenn er wollte, um unser Panorama zu betrachten.«

»Es gibt nur noch«, bemerkt Mina, die jetzt an der Tür steht, »die Bucht von Bougie mit dem Gipfel der Lalla Gouraya, die sich weiter dehnt als die Umgebung von Caesarea ...«

Im Verlauf des Abends bringt dasselbe Dienstmädchen noch ein paar Platten mit verschiedenen Salaten und gehackter Minze, Ziegenkäse in blauen Schalen und wieder duftenden grünen Tee. Dann verschwindet sie.

Hania erscheint jetzt wirklich in Einklang mit ihrem Namen: Sie wird wieder die Friedliche, zeigt städtische Höflichkeit.

Offenbar empfindet sie einen Drang, sich zur Chronistin aufzuschwingen. Sie zeigt dabei weder die nüchterne Ruhe des ersten Interviews, noch die Verletzlichkeit ihrer vorherigen Bekenntnisse, sie ist wirklich von Frieden und dem Wunsch erfüllt, sich um Genauigkeit zu bemühen, sagt sich die Zuhörerin, die nichts wünscht, nur abwartend lauscht.

Diese Frau, denkt Mina, die weiterhin an der Tür steht, später, meine neue Freundin, die ich unsere Nachbarin nennen sollte, obwohl sie keine Anstalten macht, neben uns einzuziehen und dem armseligen Haus ihres Vaters wieder etwas Glanz zu verleihen, diese Frau kann also warten: Unsere Erinnerungen an Zoulikha können nur schwankend daherkommen, sie müssen uns zuweilen fast schizophren werden lassen, als wären wir nicht ganz sicher, ob sie, die Frau ohne Grabmal, sich durch uns ausdrücken möchte! ...

Ich habe dies eingesehen, seitdem die Reisende nach Caesarea zurückgekehrt ist, mit seinen griechisch-römischen Statuen, von denen einige geraubt wurden und im Louvre stehen, die Übrigen im städtischen Museum, wo niemand, außer selten einmal ein Tourist, hineingeht. Sie hat erkannt, dass in dieser entthronten Hauptstadt der gesamte Raum, dieser ganze Raum über uns und in uns allen (ich spreche von den Frauen, denn bei den Männern sind Augen und Gedächtnis ausgelöscht!), dass diese durchscheinende, leichte Luft voll ist! Voll zum Zerbersten! Mit einer Vergangenheit, die nicht vertrocknet und nicht versiegt ist. Leider bleibt diese Fülle für die meisten Blicke unsichtbar. Deshalb drückt sie auf die Stadt, deshalb schlummert sie vor sich hin, mehr noch als andere Städte in anderen Gegenden. Dreizehn Jahre danach ist die Nachbarin zurückgekehrt! Offenbar hat sie die Familienbande vergessen, sogar das Haus ihres Vaters, ihr einziges Erbe: Sie kehrt als Enterbte zurück (obwohl sie vorhin von ihrem Vater gesprochen hat: Sie kann sich nicht vorstellen, wie er beerdigt wird!).

Seitdem diese Reisende sich bei uns eingefunden hat, verspürt jede von uns Frauen das Bedürfnis, sich im Gespräch zu erleichtern. Zu erleichtern? Das heißt, von Zoulikha zu sprechen, um zu erreichen, dass sie sich bewegt, als ein gequälter, dann ein erkennbarer Schatten ... Ach ja, die früheren Zeiten in unserem Gedächtnis!

Weit entfernt von den wirbelnden Gedanken ihrer jüngeren Schwester fährt Hania in ihrer Erzählung fort.

»Als ihr Ehemann El Hadj bei den Partisanen kämpfte, stieg Zoulikha manchmal hinauf in die Obstgärten der Oudai, um ihn zu treffen. Ich war damals schon verheiratet – seit 1949, mit sechzehn – und mein Mann hatte gerade eine Stelle bei der Postverwaltung im Landesinneren bekommen. Um mit dem Autobus nach Caesarea zu gelangen, brauchte man einen halben Tag. Seitdem El Hadj von seiner Pilgerreise zurückgekehrt war, pflegte er zu sagen, vor allem weil er Ägypten kurz vor dem Jahr 1954 gesehen hatte: ›Wir müssen die Franzosen rauswerfen!‹ Er sprach vom Kampf vieler Völker. ›Und was ist mit uns‹, fuhr er dann fort, ich höre ihn noch heute, ›sollen wir als Letzte zu unserem Recht kommen?‹

Schon 55, als er zu den Partisanen ging, hatte man sein Foto an die Gendarmerieposten geschickt, mit allen möglichen Informationen über ihn, sogar in die Gegend, wo ich lebte! ... Mein Mann sah bei den Behörden einmal zwei Fotografien: von Mustapha Saadoun und von El Hadj. Jemand zeigte sie ihm und behauptete, die beiden würden als ›sehr verdächtig‹ geführt. Ich erzählte meiner Mutter nichts davon. Ich besuchte sie jedoch, sooft ich konnte. Ich wusste, dass sie hinauf- und hinunterstieg, um mit ihrem Mann Kontakt zu halten. Eines Tages seufzte sie zu mir: ›Meine Liebe, meine Schwester, könntest du mir die Kleinen ein wenig hüten? Sie belasten mich! ... Dann hätte ich völlige Freiheit, um zu arbeiten!‹ Ich nahm die Kleinen also für eine gewissen Zeit mit zu mir, damit sie ihre Begegnungen freier gestalten konnte. Es ermöglichte ihr endlich, länger wegzubleiben. Einige Monate fühlte sie sich ruhiger.«

Hania steht auf und bringt selbst einen Krug mit frischem Wasser aus der Küche. Sie trinkt und setzt sich wieder.

»Ich erinnere mich«, sagt sie leise, »etwa zwei Wochen später wurde mein Mann krank: Er lag mit hohem Fieber im Bett! Wir erwarteten den Arzt ...«

Sie nimmt den Krug, der neben ihr steht. Im Halbdunkel wenden die beiden Zuhörerinnen, wie zur Begleitung ihrer Geste, den Kopf. Wird Hania trinken? Nein, den Krug nur mit der einen Hand haltend, gießt sie sich Wasser in die andere und spritzt es sich in einem Schwall ins Gesicht. Als sollten die Erinnerungen wie die kalten Tropfen auf ihren Wangen schnell hinunterlaufen ... Sie nimmt mit ermüdeter Stimme den Bericht wieder auf.

»Da rief ein Freund aus Caesarea an: ›El Hadj‹, sagte er ganz leise zu meinem Mann, ›Gott möge ihm seine Sünden vergeben!‹ Mein Mann erhob sich wankend, stieg mühevoll zwei Stockwerke hinauf und sagte zu mir: ›Dein Vater ... es ist zu Ende!‹ Dann wurde er erneut schwer krank. Der Arzt kam und beschloss, ihn ins große Hospital von Algier einzuweisen. Ich eilte sofort zu Zoulikha nach Caesarea und brachte meinen kleinen Bruder und meine Schwester zu ihr zurück.«

5

Mina träumt von Liebe und
Madame Lionne erzählt weiter

Am nächsten Morgen verlassen Mina und ihre Freundin mit dem Auto die Stadt. Es ist ein schöner Junitag; bevor sie aufbrachen, waren sie unentschlossen.

»Entweder wir fahren wieder zu Tante Zohra Oudai, sie hat doch gesagt, wir könnten ruhig ohne Ankündigung kommen: ›Ihr seid hier zu Hause, meine Täubchen!‹«

»Beim Abschied war sie so zärtlich«, bemerkt Mina.

»Der zweite Plan wäre ... das Grab der Christin zu besuchen, nicht wahr? – Wie echte Touristinnen.«

»Warum nicht beides? Du weißt doch, heute ist der längste Tag des Jahres!«

Mina legt den Kopf zurück, um den Himmel zu bewundern. Die Leichtigkeit zu Beginn ihrer Unternehmung lässt wieder dieses Einverständnis zwischen ihnen aufkommen.

Nachdem sie die Richtung von Tipasa eingeschlagen haben, beschließen sie, beim kleinen Hafen zu halten (»dort kaufe ich immer frische Krabben«, erklärt Mina), und dann erst in die kleine Straße einzubiegen, die sich zu dem geheimnisvollen Mausoleum hinaufwindet.

War es für eine Christin gebaut worden? War es gar Kleopatras Tochter gewidmet, der ägyptischen Königin aus Caesarea? Doch diese Version wird gerade von den Archäologen zurechtgerückt.

»Vor fast zweitausend Jahren versuchte Kleopatra Selene, die Tochter der berühmten, durch Selbstmord umgekommenen Ägypterin, sich zu trösten. Sie war die Gemahlin des hellenisierten numidischen Königs Juba II. Doch worüber wollte sie sich trösten? Und wenn dies wirklich ihr Grab wäre?« Minas Freundin verliert sich in Gedanken an die graue Vorzeit, dann erschrickt sie plötzlich: »Wie konnte ich Mina diesen Besuch vorschlagen, wo doch von Zoulikha kein Grab bekannt ist, sie in irgendeiner Grube verscharrt wurde oder sich in die blaue Luft erhoben hat?«

Doch sie sprechen nicht weiter vom Grab. Mina am Lenkrad beginnt überraschend die Freundin ins Vertrauen zu ziehen über eine kürzlich erlebte Geschichte, eine »enttäuschte Liebe«, wie sie seufzend erklärt. »Ich dachte, diesmal wäre alles anders.«

In Tipasa sind bei ihrer Ankunft die Fischer noch draußen auf dem Meer. Die Wannen würden noch zwei bis drei Stunden leer bleiben. Sollten sie weiterfahren?

Doch die Fremde ist an diesem Ort gar nicht so fremd. Mit ein paar Technikern hatte sie im Frühjahr hier gearbeitet. Leute vom Dorf grüßen, sie erkennen sie an der auf den kurzen Haaren nach hinten geschobenen Mütze.

Sie schlägt Mina die Gaststätte vor, in der sie über einen Monat gewohnt hat. »Wir wollen uns dort ein wenig stärken. Der Koch ist Marokkaner und bäckt sehr guten Kuchen mit frischen Früchten.«

Im Schatten der Terrasse vergessen sie die Zeit; der Koch Maanat ist glücklich, voll Nostalgie von den (Kolonial-) Zeiten berichten zu können, als dieses Restaurant das beste in der ganzen Gegend war. Mina erscheint der Freundin nun doppelt getroffen – als »die von Zoulikha Verlassene«, und zudem durch ein eigenes Geheimnis belastet.

Mina gesteht ihr eine lang vergangene Liebe, von vor drei Jahren, gibt sie schließlich zu, und die Zuhörerin hat den Eindruck, ohne es zu wollen ein allen Winden ausgesetztes Zimmer betreten zu haben, wie nach einem starken Gewitter – mit schlagenden Fensterläden, zerbrochenen Scheiben in den Türen, einen verlassenen Ort, der Schauplatz von Streit und heftigen Worten war.

»Diese Geschichte kann ich nicht vergessen«, stammelt Mina. »Ich weiß nicht, ob meine Verletztheit noch von der lebendigen Liebe herrührt – eine Liebe, die noch immer sehr wehtut und auch ohne ihren Gegenstand immer noch lebendig ist! Oder ob die Kränkung jedes Mal neu erwacht und mich überfällt ...« Sie trinkt von dem eisgekühlten Tee, als würde er ihr Fieber wieder anfachen. »Ich langweile dich sicher?«, fragt sie entschuldigend.

Die Freundin streicht ihr sachte übers Handgelenk. Sie duzen sich inzwischen, sind vertraut. »Du kannst auch aufhören, musst nicht weitererzählen. Ich bin da ... für dich!« Das scheint die Zuhörerin zu sagen mit dieser Geste.

Ermutigt fährt Mina fort: »Erst heute kann ich, und noch immer zögerlich, von der Banalität dieser einzigen Liebe berichten, die ich erlebt habe. Die ich gar nicht gelebt habe, wie soll man das präzise benennen? Was passiert ist? Nichts, es gibt so wenig Greifbares!«

Ihre Stimme bricht. Sie steht nervös auf, wie von einem starken Schmerz durchbohrt. »Ich fahre wohl besser weiter, dann habe ich den Weg vor mir, die Straße öffnet sich, so kann ich diese Geschichte beschreiben ... Diese Liebe, ach nein, diese Regression!«

Sie schlagen zusammen wieder den Weg nach Caesarea ein. Auf diesem Rückweg legt Mina ihre Beichte ab.

»Rachid war ein Student in der Hauptstadt, während meines letzten Jahrs an der Uni begleitete er mich überallhin, in den Hörsaal, wo er mir einen Platz frei hielt, auch in die Cafeteria und die überfüllten Bars zwischen den Kursen. Am Sonntagmorgen, wenn er kam, um mich am Tor zum Studentinnenwohnheim abzuholen, gefiel mir seine mit Schüchternheit gemischte Vorfreude.«

Sie hält inne, da sie auf die Straße achten muss, die jetzt kurvenreich wird. An einer Biegung, mit der man überraschend wieder ans Meer gelangt, schlägt sie vor, das Heiligtum von Sidi Brahmin vor den Toren der Stadt zu besuchen.

»Dort sind nur Frauen, Frauen aus dem Volk, vom Land, einige wenige Städterinnen. Wenn wir dort auf den Steinen sitzen, haben wir wenigstens unsere Ruhe.«

Die Freundin stimmt angesichts des Kummers der jungen Frau zu. Sie steigen nicht sofort aus dem Wagen. Auf einem Parkplatz spricht Mina, die Hände aufs Lenkrad gelegt, den Blick nach vorn gerichtet, weiter.

Eine echte Beichte, denkt ihre Freundin. Warum dieses Schuldgefühl? Was gibt es hier zu bereuen?

Sie werden von einigen Kindern aus den umliegenden Hütten beobachtet, die sich aber nicht näher heranwagen.

»Rachid und ich sprachen in jenen letzten Monaten des Studentenlebens über alles, nur nicht über Liebe! Ich erzählte ihm die Geschichte meiner Mutter, nicht aus der Zeit, als sie lebte, vielmehr meine Jahre ohne sie ... (Ihre Stimme bricht.) Du musst wissen, ich konnte nie um sie weinen. Ich spüre da immer noch einen Knoten, und als ich mit Rachid darüber sprach, gestand ich mir dies auch zum ersten Mal selbst ein. So ist er mir nahe gekommen, denn vor seinen schwarzen, glänzenden (sie zögert), glühenden Augen konnte ich sprechen, laut alles über mich sagen! (Mit einer Handbewegung drückt sie ihre Hilflosigkeit aus.) Weißt du, in diesem Land ist anderen so viel Unglück zugestoßen, dass ich manchmal fast denke, ich hatte noch Glück! Ich bin zwar verwaist, ohne Vater und Mutter, aber als ›Zögling der Nation‹, wie es hieß, hatte ich einige Vorteile. Zum Glück war meine große Schwester da: Sie half mir und so konnte ich das Abitur machen und zugleich für meinen Bruder sorgen ...

Rachid kam aus einem kleinen Dorf im Aurasgebirge. Er war so alt wie ich, hatte eine friedlichere Jugend verbracht, aber er sprach sehr wenig darüber. Manchmal erzählte er von seiner Mutter und seinen vier Schwestern: Sie warten in ihrem Bergdorf darauf, dass er Lehrer wird und ihnen sein Erspartes schickt … Er sprach vor allem gern über Literatur, ich erinnere mich, von René Char, Michaux und einigen amerikanischen Dichtern, die ich nicht kannte. Es kam mir seltsam vor: Er stammte aus so schroffen, ja abweisenden Bergen und träumte nur von Schönheit, wie soll ich sagen, von einer Schönheit in fremden Worten, wie von einem Licht, das woanders brennt!«

»Die Schönheit der Dichtung ist nie woanders. Es ist nicht von Bedeutung, wo die Dichter leben«, wirft ihre Begleiterin ein, während sie endlich aussteigen und auf das Heiligtum zugehen.

Wo liegt hier die Liebe verborgen, denkt die Freundin. Oder auch die Erwartung des Begehrens?

Mina hält den Kopf gesenkt. »Ich denke an Tante Zohra. Sie hat ihren Mann, ihre drei Söhne und ihren Bruder verloren. Sie sagt, sie habe keine Tränen mehr, aber ich habe sie oft lachen sehen. Ihr Lachen ist allerdings erbarmungslos! Stell dir vor, sie will nie mehr in die Stadt hinuntergehen. Manchmal sagt sie mit ihrem lauten Lachen: ›Was soll ich in der Stadt unter all den Schakalen?‹«

Sie erreichen wieder das Auto.

»Erzähl mir von Rachid und dir als Studenten, wie du dich ihm anvertraut hast.«

»Ja, fahren wir fort mit der … Romanze!«, spöttelt Mina, wieder etwas leichtherziger. Das Auto startet vor den neugierigen Kindern. »Die Zeit, bis wir in Caesarea sind, reicht, um meine Geschichte zu beenden, die nicht einmal eine richtige Geschichte ist.«

In ihrem Zögern, den Faden ihrer Erzählung wieder aufzunehmen, scheint die Jüngere ihren Bericht abkürzen, versachlichen zu wollen, um sich nicht zu verlieren, um klaren Kopf zu behalten ... Und, sagt sich die aufmerksame Freundin an ihrer Seite, um ihren heimlichen Stolz oder Hochmut zu bewahren: Ist sie nicht »die Tochter der Heldin«? Vielleicht ist es letztendlich nur die Geschichte einer Hemmung, von Prüderie, angstbesetzter Schüchternheit? Mit Ausdrücken der Zärtlichkeit von weiblicher Seite überschüttet (mein Täubchen, mein Wachtelchen, mein Schätzchen ...), wissen diese jungen Mädchen nicht, wie sie sich einlassen, wie sie Liebesgeschichten leben sollen – schließlich gehören sie zur ersten »modernen Generation« des Landes, wie die Zeitungen behaupten.

Geschichten von Gefühlen, von verliebten Träumen, unbefriedigtem Begehren, von Angst und Schrecken – vor welcher Gefahr? Gefährlich sind die verdeckten Worte, die scharfen, bedrängenden Blicke, die Berührungen – die so nah an der Gewalt sind und zuweilen an der simplen Befriedigung der Begierde.

Welche Liebe, welche Liebesgeschichten sind möglich zwischen weißen Gänsen und aggressiven Hähnen, zwischen Jugendlichen, die verträumt, zitternd und vor Gefühlsaufruhr kopflos sind?

Und die Blicke! Wer beschreibt die verschlingenden, gierigen, vergewaltigenden Blicke so vieler junger Männer, die reglos in den Straßen stehen, wortlos, traumlos, höchstens vom Drang gepeinigt, die Lerche zu berühren, die Libelle zu schlagen, zu zerdrücken ... Blitzartig bricht bei ihnen der Hass auf, keiner weiß, woher und warum.

Auf dem Weg, der aufsteigt und sich den Hügeln nähert, versinkt Mina wieder in ihrer Erzählung. Sie spricht in einem Zug, ihr Wortschwall hat etwas Atemloses. »Rachid nahm nach dem Sommer eine Stelle als Lehrer im Süden an. Das ganze Jahr über schrieb er mir Liebesbriefe, richtige, wunderschöne Liebesbriefe! Ich antwortete ihm auf meine Art: ohne ihn zu ermutigen, aber auch ohne seinen gefühlsbeladenen Ton zu übernehmen. Ich habe ihm wohl gestanden, dass mir seine Begleitung in Algier, wo ich mich auf das Magisterexamen vorbereitete, fehlte, und ihn gebeten, dass er in den nächsten Ferien kommen sollte ... Ich glaube, zu dem Zeitpunkt stellte ich mich langsam darauf ein, ihn zu lieben; vielleicht weil er weit weg, abwesend war. Brauchte ich es einfach, jemanden zu lieben, und diese Entfernung kam mir offenkundig entgegen? (Sie zögert.) Schließlich war ich dreiundzwanzig und immer noch Jungfrau. (Sie lacht bitter.) Ich hatte bis dahin noch nicht einmal einen Kuss erlaubt!«

Sie spricht langsamer, wendet den Kopf. Ihre dunklen Augen funkeln.

»War das meine Art und Weise, den Heroismus meiner Mutter fortzusetzen? Sie war so tapfer, so stolz; mit meinem ganzen Hochmut und mit meiner Ablehnung suche ich ihr zu gleichen, aber in kleinen, ganz kleinen Dingen ...«

»Und dieser verliebte junge Mann?«, fragt die Freundin, ein Versuch, Minas Sarkasmus zu mildern.

»Ich habe dir doch gesagt, es war eine Enttäuschung … Die Realität ist auf mich eingestürzt, ohne dass ich darauf vorbereitet war.«

Mina berichtet, wie Rachid trotz seiner Liebeserklärungen in den Winterferien nicht nach Algier zurückkehrte und auch nicht zu seiner Familie ins Aurasgebirge fuhr. Ganz im Bann ihrer romantischen Korrespondenz, begann die Studentin von Liebe zu träumen. »Ich erwartete ihn, ich hoffte, dass er kommen würde, ich hätte ganz bestimmt erste Umarmungen zugelassen! Mein ganzer Körper bereitete sich in jenem sonnigen aber kalten Winter darauf vor«, bekennt sie, ohne ein Wanken in der Stimme. »Auf den Ausdruck von Zärtlichkeit, auf Liebkosungen, auf die Liebe eben … Ich erinnere mich an meine Spaziergänge in der Stadt, als ob eine Krankheit langsam in mir aufkeimte!«

Mina beschloss, den jungen Mann in den Frühjahrsferien zu überraschen. »Ich träumte schon von Ausflügen in die Wüste!«

Sie setzte sich in einen überfüllten, staubigen Autobus, reiste sogar nachts mitten unter der Landbevölkerung, die sich über ihre junge Mitfahrerin wunderten. Im Morgengrauen stieg sie in einer flach daliegenden, hellgelben Oase aus. Sie irrte eine ganze Stunde umher, voller Heiterkeit über diese Eskapade, die zu einer Schülerin gepasst hätte. Sie entdeckte das Lycée, in dem Rachid unterrichtete, und die Straße, in der er wohnte.

»Dort traf ich ihn an, in einer riesigen, fast leeren Wohnung, zusammen mit einem französischen Entwicklungshelfer seines Alters. Er schien nicht besonders erfreut, mich zu sehen. Er brachte mich in ein ziemlich schäbiges Hotel, dabei hatte ich gehofft, bei ihm zu wohnen, dort war so viel Platz, es war mir gleich, ob sich das gehörte oder nicht ...«

Das Auto fährt durch das Osttor in die Stadt hinein, die Mauern, welche die Innenstadt über ein Jahrhundert lang, während der Kolonialzeit, umgeben hatten, waren bei der Unabhängigkeit zerstört worden: Es stehen noch zwei Tore aus rötlichem Stein, als unnütze Triumphbögen.

»Was soll ich dir von diesen drei Tagen erzählen?«, fing Mina wieder an. »Es geschah nichts von dem, was ich mir ausgemalt hatte ... Es waren keine verliebten Ferien, es kam nicht einmal zu dem Ausflug in die Wüste. Am letzten Abend beichtete Rachid mir alles: sonst hätte ich überhaupt nichts verstanden. Seine Freundschaft zu dem Entwicklungshelfer war alles andere als platonisch, und er traf gerade eine schwer wiegende Entscheidung, wie er mir sagte: Er würde am Ende des Schuljahrs das Land verlassen und dem Franzosen ins Ausland folgen. Dabei war ihm bewusst: Wenn er bereit wäre, eine Frau ›zum Einsperren‹ zu heiraten, wie er es nannte, würde seine Homosexualität toleriert werden, hier und sogar in seinem Dorf. Wenn er lebte wie die anderen, würde man gewiss die Augen vor seinen Neigungen verschließen.«

»Was hast du dazu gesagt?«

»Ich kann mich an keines meiner Worte erinnern. Vielleicht habe ich gar nicht geantwortet. Ich erinnere mich daran, dass ich weinte, ich hörte nicht auf zu weinen, diese letzte Nacht im Hotel, ebenso wie am nächsten Tag in dem gleichen staubigen Autobus. Seitdem nichts mehr; ich habe mit niemand über diese Geschichte gesprochen. Nach ein paar Monaten schrieb mir Rachid zweimal und bat mich um eine Antwort und um mein Verständnis, wie er sagte. Ich habe diese Briefe zerrissen, und zwar ohne zu weinen!«

Es war am gleichen Tag in jenem Moment, da der Nachmittag seinen letzten Vorrat an Hitze verbraucht und eine erste, kaum wahrnehmbare Brise unter dem Weinspalier spürbar wird, das eine Ecke von Madame Lionnes Innenhof überdacht. Die alte Dame saß dort und wartete auf Mina.

Sie hatte vorher den kleinen Nachbarsjungen mit einer Botschaft zu ihr geschickt: »Bitte komm ein Weilchen mit mir plaudern!«

Mina kam eine Stunde später. »Ich wollte dich eigentlich mit der Tochter unserer früheren Nachbarn bekannt machen; ich habe ihr im Hotel eine Nachricht hinterlassen. Ich glaube, sie ist ins Museum gegangen.«

Madame Lionne hat ein gutes Gedächtnis, wenn es um die Familiengeschichte jedes Hauses im Viertel der *douirates* geht.

»Ich kenne ihre Verwandten sowohl aus der väterlichen wie aus der mütterlichen Linie. Vor allem die mütterliche! Wer von uns hat nicht ein Bild, ja, viele Bilder von Lla Fatma im Kopf, ihrer Großmutter?« Sie bricht ab, geht hinaus, lässt sich Zeit, den Pfefferminztee einzuschenken.

»Vor langer Zeit«, fährt sie fort, »als Zoulikha, deine Mutter, noch zu Hause war, da kam die Mutter deiner Freundin zu mir, ganz in Schleiern aus weißer Seide, und begleitet von ihrer Schwägerin. Sie sorgte sich um ihren einzigen Sohn, er war noch sehr jung und arbeitete schon in Frankreich im Untergrund.«

»Hast du ihr die Karten gelegt? Die *ronda*?«, fragt Mina erstaunt und neugierig.

»Natürlich – das war viele Jahre vor meinem Schwur –, aber ich wusste nicht, ob ich ein Zeichen sehen würde. Ich habe mich lange konzentrieren müssen, dann ganz allmählich sah ich … ich sah wirklich den jungen Mann auf einer Straße, mit Bäumen, die bei uns nicht wachsen, eine lange Straße, und sie war vor allem völlig dem Wind ausgesetzt. Ohne nachzudenken habe ich folgende Worte gesprochen: ›Nein, sorg dich nicht um ihn! … Er geht auf einer Straße … Nicht sehr weit von Verdun!‹«

»Verdun?«, fragt Mina überrascht.

»Ja, Schätzchen, ich weiß nicht, warum ich dieses letzte Wort gesagt habe! Die Veteranen aus dem anderen Krieg – der schon sehr lange her ist – die nannten wir Kinder auf der Straße damals die ›Leute von Verdun‹! Und auf dieser Straße habe ich wirklich einen Moment diesen Mann eilig laufen sehen; ich weiß nicht, wie mir die Worte entschlüpft sind: ›Nicht sehr weit von Verdun!‹ Ich war selbst ganz erstaunt darüber, holte tief Luft, und dann fügte ich hinzu, was ich jedes Mal sagte: ›Du wirst bald von ihm hören!‹«

Madame Lionne lacht laut auf. »Du hättest die beiden Damen sehen sollen, die junge Mutter und ihre Schwägerin, wie sie mir dankten, einen dicken Geldschein hinlegten und mich erleichtert verließen.«

Sie überlegt einen Augenblick.

»Zwei Wochen später hörte ich, dass ich richtig gesehen hatte: Der junge Sohn war von der französischen Polizei verhaftet worden und ins Gefängnis gekommen, und zwar genau in dieser Gegend von Frankreich!«

6

Die Vögel im Mosaik

Warum hast du dich gleich im Hotel einquartiert? Im einzigen von Caesarea, mit seinem Marmorportal aus den Dreißigerjahren und dem Salon im Erdgeschoss, mit seinem Hauch von Vornehmheit ... Immerhin haben sie dir das beste Zimmer gegeben, im ersten Stock mit einem kleinen Balkon über dem quadratischen, schattigen Platz mit dem Brunnen und seinen antiken Statuen. Du hast erklärt: »Für drei oder vier Nächte, ich weiß es noch nicht. Ich sage Ihnen dann, ob ich das Zimmer noch länger brauche.«

Als du wieder hinunterkamst auf deinem Weg zum Museum – rasch für einen ersten kurzen Besuch vor der Schließung – hast du dich gefragt, ob es noch andere Gäste gab, Durchreisende für eine Nacht oder ausländische Touristen ... Mit dem Hoteldirektor sprachst du Französisch, aber da du ihm die Ausweispapiere überlassen hattest, würde er oder sein Angestellter vielleicht hineinsehen und feststellen, dass du aus dieser Stadt stammst. Wenn er den Namen deiner Mutter las, fragte er sich vielleicht sogar, warum du nicht bei deinem Onkel wohntest (sein Stadthaus ist eines der größten in ganz Caesarea).

Am nächsten Morgen hast du deine Papiere kommentarlos wieder abgeholt. Der Blick des Hotelangestellten erscheint dir jetzt eingehender, nichts weiter.

Sie bemerken, dass du die Touristin spielst und fragen sich wohl, warum.

Die meisten Reisenden bleiben hier höchstens eine Nacht, das reicht für den Besuch der Arena, des Theaters, des Leuchtturms und danach des Museums und um den Tag am Strand zu beenden, unterhalb der Balustrade, die den quadratischen Platz mit den ehrwürdigen Belombra-Bäumen abschließt. Am nächsten Morgen brechen sie früh auf, zum längsten Aquädukt des Landes und nach Tipasa mit seinen Ruinen, oder um einige Zeit in der Hotelanlage für ausländische Touristen in Chenoua zu wohnen.

Auf das Formular hast du deshalb den Namen deines Vaters eingetragen, und deinen Vornamen – nicht jedoch den deines Mannes, denn nachdem die Scheidung nun endlich rechtskräftig ist, hast du deine ursprüngliche Identität wieder angenommen. Zufällig bist du kurz darauf in deine Heimatstadt zurückgekehrt, als Tochter deines Vaters. Deine neue Freundin Mina ist vor allem die Tochter der Mutter – die Heldin von Caesarea war in der Ebene geboren und hatte sich erst durch ihre letzte Heirat im Herzen der antiken Stadt eingenistet.

Zur Abendessenszeit komme ich am gleichen Tag zu Madame Lionne, wo ich Mina antreffe. Der Sitte entsprechend drücke ich einen Kuss auf die Schulter und dann auf die seidene Haube der Gastgeberin. Lla Lbia lässt sich gegenüber der Pergola nieder. Voller Stolz rechnet sie laut zusammen, wie Anfang September ihre kleine Ernte ausfallen würde: Die Trauben sind von der besten Sorte im Land, die Stadt ist dafür berühmt.

»Ich hoffe, so Gott will«, sagt sie, »sieben bis acht Kilo dieser Trauben zu erhalten, die kostbar sind und daher auch *cherchali* heißen. Schau, obwohl sie noch so klein sind, lässt sich schon die eigenartige Farbe der Kerne erahnen, rot mit durchscheinenden Stellen, das Fruchtfleisch wird ganz fest und von dem Saft kriegt man nie genug ...« Sie lacht. »Ich wage zu sagen, Gott vergib mir, dass der Saft im Mund besser ist als all die Weine, die die Christen trinken! ... Du bist doch aus dieser Stadt, du erinnerst dich doch gewiss an ihren Namen, die Traube *ahmar bou 'Ammar*!«

»Ich erinnere mich«, antworte ich fast wehmütig, und an Mina gewandt, versuche ich aus dem arabischen Dialekt ins Französische zu übersetzen: »*Ahmar bou 'Ammar*, wie soll man den Namen der berühmten Traubensorte übertragen, Mina?« Ich suche, dann zitiere ich mit einem unsicheren Lächeln:

Scharlachrot, die Traube von Ammar

»Ein bisschen zu lang«, bemerkt Mina. »Die Knappheit im Arabischen ist schön, außerdem enthält sie einen Reim!«

»Früher«, erinnert sich Madame Lionne, »schickte ich davon mindestens zwei Kilo an meine Schwägerin, die in Algier wohnt. Sie sagte, auf dem Markt dort konnte sie diese Sorte nie finden.« Sie verstummt und fügt dann, ganz in Erinnerungen, hinzu: »Dass Gott und seine Heiligen ihre Seele bewahren und dass sie, wie ich hoffe, unter ihrer Obhut im Paradies sein möge!«

Da wende ich mich eifrig Madame Lionne zu: »Vorhin war ich im Museum, vor allem, um die Mosaiken wieder zu sehen. Ich hätte gerne das bekannteste von ihnen länger angeschaut, das mit den ›Arbeiten auf dem Feld‹. Vielleicht hätte ich dort auch diese Trauben gefunden ... Sie wurden damals wie heute geerntet, da bin ich sicher!«

Mina bringt den niedrigen Tisch, Teller, Brot und zum Schluss eine Suppenterrine, die zu dampfen scheint.

»Stattdessen«, fahre ich fort, »bin ich vor einem seltsamen Mosaik stehen geblieben, an das ich mich nicht mehr erinnerte! Wissen Sie«, ich spreche lebhaft, nehme gegenüber der Gastgeberin einen fast lehrerhaften Ton an »die drei Frauen, die auf dieser bald zweitausend Jahre alten Freske dargestellt sind, sahen aus, als lebten sie heute, vor meinen erstaunten Augen! Drei Frauen, oder vielmehr drei Vogel-Frauen, ja! Ich glaube sogar, keiner hat bisher Frauen so gezeichnet, in keinem der berühmten Mosaiken aus dieser Gegend, weder in Karthago noch im Timgad, noch in Leptis Magna. Da bin ich mir sicher. Frauen aus Caesarea! Mit langen Vogelfüßen, die bereit sind, davonzufliegen, übers Meer – es ist eine Szene am Meer, sie sitzen am Ufer und betrachten ein großes Schiff im Zentrum des Bildes, das über den Wellen schwimmt. Ihre Gesichter sind so schön, die abgestuften Farben haben die Jahrhunderte überdauert und ihre ganze Strahlkraft behalten.«

»Frauen aus Caesarea in Stein, das würde ich mir gerne ansehen«, wirft die Gastgeberin ein, die ihr kleines Haus so selten verlassen hat – das letzte Mal, um zum Grab des Propheten Mohammed nach Medina zu reisen.

»Ich kenne dieses Mosaik!«, ruft Mina aus und setzt sich nun endlich zu uns. »Du hast Recht, vielleicht ist es nicht das schönste, aber es ist zweifellos ganz einzigartig! Es wurde, glaube ich, in den Dreißigerjahren entdeckt, im Bauernhaus eines kleinen Siedlers! *Odysseus und die Sirenen*, eine berühmte Episode aus der *Odyssee*. Der mittlere der Männer auf dem Schiff scheint gefesselt zu sein. Er hat den Leuten von seiner Mannschaft vorher gesagt, sie sollen ihn an den Mast binden, und seine Gefährten (hier sind es nur zwei, nicht wahr?) hat er angewiesen, sich die Ohren mit Wachs zu verstopfen. Weißt du, Tante, es ist eine Verführungsszene, aus der Odysseus, der Held, als Sieger hervorgehen soll! Er will seine Reise auf jeden Fall fortsetzen, aber er wünscht sich genauso sehr, den Gesang der Sirenen zu hören, er möchte als Einziger den verführerischen Gesang genießen, während die beiden Männer seiner Mannschaft das Schiff steuern müssen …«

Mina beginnt über die Szene zu lachen, die sie wieder vor sich sieht, dann sagt sie, an mich gewandt: »Ist es nicht verwunderlich, normalerweise werden Sirenen doch eher als Nixen dargestellt?«

»Auf jeden Fall sind wir, wie Odysseus, ziemlich weit von Griechenland entfernt. Diese Vogel-Frauen von Caesarea haben mich verfolgt: Werden sie das vorbeifahrende Schiff zu sich herlocken können? Wenn die Männer den

Gesang hören, sehen sie nicht mehr, dass das Ufer gefährlich ist. Doch das Mosaik vergegenwärtigt nicht diese
Todesgefahr. Nein, die Szene scheint völlig vom Zauber
der Musik eingehüllt. Die Frauen haben etwas in der
Hand, eine Doppelflöte die eine, die andere eine Leier.
Musikerinnen, die bereit sind ... davonzufliegen, glaube
ich! Der Held dagegen, Odysseus, hört sie und leidet
dabei, weil er sich hat anketten lassen ...«

Wir setzen uns an den Tisch, um die Koriandersuppe zu
essen. Während meine Hand das Brot bricht, sitze ich,
weiter in die antike Szene versunken, da.

»Sind das unsere heutigen Frauen, diese Vögel aus dem
Mosaik?«, fragt, immer noch gedankenverloren, Madame Lionne.

Sie lässt ihren Blick lange auf mir, der Fremden, ruhen
und macht mir dann fast zärtlich ein Kompliment: »Ich
sagte vorhin zu Mina, wie gut ich die Linie deiner Vorfahren kenne: den Vater deiner Mutter, den du nicht mehr erlebt hast. Er hatte einen Beinamen (früher war das Brauch
hier in den Bürgersfamilien: an Stelle des Namens auf dem
Ausweis, der die Herkunft angab, aber oft von der französischen Verwaltung verändert worden war, gab es für jedes
Haus noch einen Rufnamen, häufig nach einem Charakt-
erzug des Familienoberhaupts). So hieß dein Großvater
el chatter, wegen seiner Scharfsichtigkeit ...« Sie seufzt und
senkt den Löffel in die Suppe. »Du bist wie er, meine Tochter! Zumindest deinen Blick finde ich scharfsichtig!«

Mich beherrscht die ganze Zeit der Gedanke an eine
ungelöste Frage, endlich entdecke ich, was mich an den

Frauen aus ferner Vorzeit beschäftigt: »Es ist nicht so, dass die Farben des Mosaiks unverändert geblieben wären. Bei einer der drei Vogel-Frauen ist der Leib halb ausgelöscht. Aber die Farben sind erhalten ... Ich sagte mir auf dem Weg hierher: Sie werden davonfliegen, ganz bestimmt, die Frauen dieser Stadt, mit ihrem Gesang und ihrer Leichtigkeit! Jedoch (ich lasse meine Trauer laut werden): Seit 1962 hat sich hier wieder die Betäubung ausgebreitet und auf alles gelegt. Man spürt sie in den Straßen, den Innenhöfen. Nicht aber dort oben, weder in den Bergen noch auf den davor liegenden Hügeln, wo sich so etwas wie ein Rest ernüchterter Menschen noch hält, ein Aschestaub in der Schwebe, nach dem Feuer von damals! Eine einzige Frau ist wirklich davongeflogen, und das ist deine Mutter, Mina, es ist Zoulikha.«

Im Herzen der Nacht, wieder in meinem Hotelzimmer, hebt nach einer langen Schlaflosigkeit die Erzählung von Madame Lionne wieder an und fließt in aufeinander folgenden Bildern dahin. Ich hatte sie angehört, ohne die geringste Frage zu stellen. Zuerst nimmt plötzlich das Bild von Zoulikha das Zimmer ein, wie sie kommt und geht, ich frage mich nicht einmal nach dem Grund für diese Erscheinung – in dem Halbtraum, der zu gleichen Teilen aus Geschehnissen besteht wie aus leicht verblichenen, nostalgischen Farben. Ich liege im Bett, mit offenen Augen, während durch die nicht abgedunkelten Fenster das Nachtlicht die unwirkliche Stimmung noch verstärkt – es kommt mir vor, als ob mein ausgebreiteter Körper zu dieser Stadt geworden ist, Caesarea, mit seinen Gässchen in der Altstadt, El Qsiba, und den weit offen stehenden Toren der Stadtmauer, wie sie noch zu Lebzeiten Zoulikhas existierte …

Nach und nach sehe ich Zoulikha, die von den Leuten der Hügel und der Obstgärten oberhalb von Caesarea gerufen worden war (von der Sippe der Oudai), wie sie nach der Nachricht vom Tod El Hadjs, ihres Ehemanns, bei ihnen eintrifft, sein Leichnam war kurz zuvor von der Armee der Familie übergeben worden. Zoulikha sondert sich von den anderen ab, vor dem mit geschlossenen Augen ausgestreckt daliegenden Leichnam. Sie neigt sich über ihn, befühlt seine Verletzungen an der Brust, an der Schläfe und am Arm. Dann taucht sie beide Hände in das noch nicht getrocknete Blut von El Hadj. Sie weint nicht; ihre Lippen murmeln etwas, ein muslimisches Gebet, einen Schwur »dass nun sie an der Reihe ist«, vielleicht schenkt sie ihm Liebesworte, das Versprechen, dass sie seine Vorhaben weiterführen wird …

Als sie in den Innenhof hinausgeht, wo die Verwandten und Kampfgefährten sie erwarten, spricht sie nur vom Begräbnis am nächsten Tag. Sie muss in die Stadt hinunter. »Ich habe ein paar Vorkehrungen zu treffen«, sagt sie noch. Sie wird am dritten Tag zu den Oudai zurückkommen. »Und dass Gott uns fortan sein Erbarmen zeige!«, schließt sie ohne spürbare Bewegung. Eine junge Schwester beginnt zu weinen, aber die unerschütterliche Zohra Oudai übernimmt es, zu mahnen, dass es unwürdig sei, zu weinen, und erläutert: »Ein Märtyrer ruht noch in diesem

Haus, im Kreise seiner Lieben! Dieser Ehre müssen wir uns würdig erweisen!«

Zoulikha umarmt die Familienmitglieder, dann lässt sie sich von einem der jungen Männer in die Stadt zurückführen. Wie gewohnt steht eine Kontrolle an den Toren der Stadtmauer. »Bis morgen!«, sagt sie, bevor sie sich in den Seidenschleier der Bewohnerinnen von Caesarea hüllt.

Ich sehe sie in ihrem Haus ankommen – eine verschleierte Frau mit aufrechter Haltung, geradem Blick, doch wird sie gedacht haben: Caesarea ist für mich nun leer … ohne ihn! Nachdem sie eingetreten ist, sehe ich sie gefasst ihre Kinder umarmen, die beiden jüngsten, die noch so klein sind, und dann das Notwendige erledigen. Die Nachbarin, die ein eigenes Telefon hat, bittet sie, in Blida ihren Sohn El Habib aus ihrer zweiten Ehe zu verständigen, der inzwischen zu einem jungen Mann herangewachsen ist. Sie weiß, er wird kommen: El Hadj war in gewisser Weise sein Mentor gewesen.

Ich lösche das Licht des Hotelzimmers, ich möchte versuchen einzuschlafen. Diesmal ist es die Stimme von Madame Lionne – sie hat sich wohl von ihrem Platz nicht wegbewegt, seit ich sie, in ihrem Innenhof thronend, verließ. Ihre tiefe, manchmal kurzatmige Stimme bricht ab und nimmt den Faden wieder auf, als handelte es sich um ein Märchen.

»Ihr Sohn, der vom Vater erzogen wurde, war kaum über zwanzig und Mitglied der französischen Armee. Damals hatte er, sicher unter dem Einfluss von El Hadj – denn er besuchte oft seine Mutter – damit begonnen, Waffen in die Berge drüben weiterzuleiten. Er bestand darauf, zum Begräbnis zu kommen. Am nächsten Tag fuhr er nach Blida zurück. Kurze Zeit später wurde bekannt, dass er bei seiner Rückkehr verhaftet worden war. Sie folterten ihn acht Tage lang; er verriet nichts. Sie ließen ihn frei, aber wenige Tage darauf verschwand er.«

Madame Lionnes Stimme scheint sich in der Dunkelheit meines Zimmers zu entfernen. Ich höre noch: »Zoulikha fuhr nach Blida. Sie suchte Anwälte auf, sie stellte Fragen ... Einige Monate später war der Prozess. Ihr Richter verkündete am Schluss, Lahbib sei freigesprochen. Klar, er hatte ja nichts verraten ... Aber immer noch keine Nachricht von ihm. Einige sagten, es sei ihm gelungen, zu den Partisanen hinaufzugelangen, andere, dass die Fallschirmjäger oder die Leute von der OAS, die offener aufzutreten begannen, ihn geschnappt und getötet hätten. Zoulikha gab nicht auf: Sie kam und ging; in Blida suchte sie die Familien der Kämpfer auf. Die Arme, sie beklagte sich nie!«

Entfernt sich die Stimme oder überwältigt mich der Schlaf?

Am nächsten Morgen kündige ich im Hotel an, dass ich am nächsten Tag abreise, und beschließe, einfach wieder zu Madame Lionne bei der römischen Arena zu gehen.

Schon beim Eintreten entschuldige ich mich für meinen Überfall. Ich erzähle von meiner Nacht, noch immer im Bann der Geschichte von Zoulikha. Ich möchte mich in jener Periode zurechtfinden, als Zoulikha in den Monaten nach dem Tod ihres Mannes von einem Kommissar Costa bedrängt wurde, der sie ständig zu sich rufen ließ.

»Lla Lbia, entschuldigen Sie mich, aber ich möchte verstehen, wie sie es trotz dieser Überwachung fertig brachte, in der Stadt mit den vielen im Grunde untätigen, verängstigten Bürgerinnen, das ist ja normal, das ›Netz der Frauen‹ aufzubauen, wie Sie es nennen, es war ja ihr Verdienst. Seien Sie mir nicht böse: Dies betrifft ebenso die Geschichte meiner Stadt wie das Leben von Zoulikha.«

»Ganz gewiss, meine Tochter«, antwortet die Hausherrin. Es ist eigentlich die Zeit, in der man in großen Kanistern Wasser über die Fliesen des Innenhofs schüttet. »Schande, Schande«, schimpft sie, »die Regierenden geben uns in dieser Stadt, die einst so berühmt war für ihre vielen Quellen, an einem Tag Wasser und am nächsten keines! Eine Schande!«

Die Besucherin folgt Madame Lionne in ihr schattiges, kühles Zimmer, während das Dienstmädchen, eine junge Nachbarin, die Arbeiten im Haushalt in Angriff nimmt.

Nachdem der Kaffee gemäß der Sitte ausgeschenkt ist, konzentriert sich Madame Lionne auf ihre Erinnerungen.

»Als El Hadj in den Wäldern umkam, wurde das sofort in allen Häusern der Stadt bekannt. Tief erschüttert gingen die Frauen noch am selben Nachmittag zu Zoulikha, um ihr das Beileid auszusprechen … Sie erfuhren, dass die Leiche den Leuten aus der Sippe übergeben worden war, und dass die Beerdigung dort oben stattfinden sollte.

Ich ging ebenfalls am gleichen Tag zu ihr. Das Haus war voll. Ich traf Zoulikha mit einem Tuch um die Stirn gebunden. Sie nahm mich mit in einen kleinen Raum, wo wir allein sein konnten. Dort öffnete sie die eine Hand, in ihr war getrocknetes Blut. ›Das ist Blut von El Hadj!‹, sagte sie zu mir. ›Ich bin heute Morgen hinaufgegangen. Seine Verwandten haben mich mit ihm allein gelassen, bevor er gewaschen wurde. Ich habe all seine Wunden geküsst! ... Morgen werden sie ihn begraben! Ich werde bei ihnen sein! Dies ist sein Ende‹, sagte sie, ohne auch nur einen Seufzer. In den folgenden Wochen kam das Verschwinden oder der Tod ihres Sohnes El Habib auf sie zu. Sie erschöpfte sich mit den Fahrten nach Blida! ... Ohne Erfolg.

Zu dieser Zeit begann auch Kommissar Costa, hier aus Caesarea, sie ständig zu Verhören vorzuladen. Er nahm ihre kleinen Kinder als Begründung, warum er sie nicht verhaftete, zumindest vorläufig nicht ... In Wirklichkeit wurde ihr Haus wahrscheinlich Tag und Nacht überwacht: Sie hofften, über sie ein paar Verbindungen herauszufinden.

Während stundenlanger Verhöre hielt Zoulikha diesem Kommissar stand, der den Ruf besaß, nicht locker zu lassen. Er lud sie wirklich sehr häufig vor, durch Zermürbungstaktik hoffte er, ihren Widerstand zu brechen. Sie erzählte einmal, er beschuldigte sie ständig: ›Du willst mich reinlegen! Du willst mich täuschen!‹ ... Dabei blieb er stets höflich, wie sie sagte, ›fast wie in einem Salon‹, dann warf er ihr plötzlich eine unerwartete Frage hin. Aber sie war immerzu auf der Hut und achtete darauf, nicht den kleinsten Fehler zu begehen.

Eines Tages, als es ihrer ältesten Tochter gelungen war, bis nach Caesarea zu kommen und sie zu treffen, sprach Zoulikha so zu ihr – Hania hat mir später die Worte ihrer Mutter wiedergegeben: ›Costa erkenne ich an seiner Wachheit, an seiner Erregtheit, ich spüre ihn wie ein gefräßiges Tier, das man mir in den Nacken gesetzt hat! Er liegt auf der Lauer. Er will mich hereinlegen! Werde ich straucheln, werde ich mich bei einer Frage irren, man darf gar nicht daran denken …‹ Dann hatte sie gespottet, wie gewohnt: ›Die Europäer wollen es in Wahrheit mit mir machen wie mit Jeanne d'Arc. Ja, sie wollen mich wirklich auf ihrem Marktplatz im Feuer rösten, damit die Araber aus den Bergen ringsum herunterkommen, um zuzuschauen, wie ich sterbe!‹

Hania berichtete mir diese Worte der Verzweiflung. Dennoch, das versichere ich dir, blieb Zoulikha stark: durch ihre Hartnäckigkeit, ihren festen Willen. Sie erreichte, dass man ihr die Sachen ihres Mannes übergab, die sie bei ihm fanden, als er umgebracht wurde, einschließlich einer goldenen Uhr, die er an einer Kette trug. Sie verlangte die beträchtliche Geldsumme, die er bei sich hatte, zurück; sie argumentierte, es handele sich um beruflich erworbenes Geld. Er war schließlich Pferdehändler und bei den Bauern ging es beim Handeln immer noch um Wort gegen Wort, wie seit jeher. Zoulikha behauptete, dieses Geld gehöre ihren Kindern, die jetzt Waisen waren.

Sie hätten das Verfahren vielleicht gewonnen, wenn« – und Madame Lionne schüttelte sich – »wenn alles damals nicht so schnell gegangen wäre.«

»Was geschah?«, frage ich gespannt.

»In der Zwischenzeit wurden einige aus der politischen Einheit, mit der sie zusammenarbeitete (als El Hadj in die Wälder hinaufgegangen war, sicherte sie die Verbindung zwischen ihm und seinen Gewährsleuten in der Stadt), einige Kampfgenossen wurden verhaftet und ...« – Madame Lionne macht eine wegwerfende Handbewegung – »einige von ihnen, ich nenne keine Namen, sagen wir, sie waren Lämmer und keine Männer!

Als ich von diesen Verhaftungen erfuhr, legte ich mir sofort den Schleier um und ging hinauf zu ihr. ›Was hast du vor: Der Soundso und ein paar andere wurden verhaftet ... Auf ihren Mut kannst du dich nicht allzu sehr verlassen. Sie werden auspacken, das ist sicher, zumindest einer oder zwei von ihnen ... Dann kommen die Franzosen zu dir; sie werden über dich sagen: Das ist also der Faden, der die Stadt mit den Bergen verbindet!‹

Wie gewöhnlich zeigte sie ihre Ratlosigkeit nicht. Wir standen beide noch in der Vorhalle. Sie argumentierte so: ›Der eine oder andere wird auspacken: Achthunderttausend Francs wurden gesammelt, die ich tatsächlich empfangen und hinaufgebracht habe! Sie werden kommen und mich fragen: Wo ist das Geld? Wenn ich jetzt eigenes Geld hätte, würde ich es ihnen geben. Ich könnte sogar behaupten, ich hätte es für mich behalten wollen! Aber ich besitze das Geld nicht. Auf diese Weise verfügen sie über einen Beweis und das ist furchtbar. Sie werden ins Dorf zu den Oudai hinaufgehen und das ganze Dorf wird dafür büßen! ... Ich muss jetzt fliehen, ich möchte nicht, dass es all die Bauern an meiner Stelle trifft!‹

Daraufhin ist sie hinaufgegangen; anfangs hat sie sich bei den Leuten in den Obstgärten versteckt, dann hat sie sich als Bäuerin verkleidet.«

Madame Lionne schweigt eine Weile, dann fügt sie hinzu: »Wie fern das alles erscheint, und dennoch, dass ich so angehalten werde, über sie zu sprechen, in allen Einzelheiten, ich versichere dir, mein Mädchen, das ist Balsam für meine Schmerzen!«

7

Zoulikhas zweiter Monolog

Mit meiner Auflehnung hat alles begonnen und alles geendet. Der Polizeikommissar Costa, der einzige Mann, der mir nicht aus dem Sinn ging in den letzten Wochen, während ich zu Hause das Essen kochte, die Leintücher mit Spitzensaum im großen Spiegelschrank einräumte und jeden Morgen die blassgrünen Fliesen um das Bassin unter der Pergola aufwischte.

Nach dem Tod eures Vaters El Hadj lud mich Costa ein- oder zweimal pro Woche vor. Später war es fast jeden zweiten Tag. Das Verhör dauerte immer den ganzen Morgen, drei, manchmal vier Stunden. Jede Sitzung beschloss er mit dem gleichen Satz in väterlichem Ton: »Du hast Kinder zu ernähren ... Es ist für sie jetzt Mittagszeit! Du hast Glück, eine Familienmutter zu sein, dazu in dieser kleinen Stadt, wo jeder jeden kennt! Wenn andere hier an meiner Stelle wären, würden deine Verhöre schon längst im Gefängnis geführt!«

Ich zog meinen Schleier wieder nach oben, der mir auf die Schultern gerutscht war, legte ihn mir über den Kopf und deckte mein Haar wieder zu. Ich biss sogar auf die Zipfel des Stoffs, damit er hielt. Den kleinen Schleier aus

Gaze trug ich in der Hand. Dann ging ich hinaus, mit unverschleiertem Gesicht, der Umhang aus Seide und Wolle verhüllte meinen ganzen Körper. Ich durchlief die langen grauen Korridore, in denen Polizisten mich feindselig musterten, während sie häufig ohne Federlesen die verdächtigen Jugendlichen oder auch Bauern reifen Alters in die Zellen schleppten.

Ich, die einzige Frauengestalt, schritt verschleiert und aufrecht durch diese Flure der Angst. Ich trat hinaus auf die Straße: Nur ein Auge blieb hinter dem offenen Dreieck frei. So war ich verschleiert nach Art der Bäuerinnen, und nicht wie eine Städterin, obwohl ich die Witwe des Pferdehändlers El Hadj war, die jeder in meinem Viertel erkennen würde … El Hadj, der einige Wochen zuvor in den Wäldern getötet worden war.

Ich stieg die Gässchen in meinem Viertel wieder hinauf, die Ladenbesitzer hatten ihre kleinen Buden schon geschlossen, die einen, um zum Gebet zu gehen, die anderen, um die größte Hitze zu meiden. Ihr, meine Kleinen, meine Kinder, wartetet auf mich. Vor dem niedrigen Tisch, wo alles bereitstand – meine Mina, damals noch keine zehn, hatte aus Angst, ich könnte nicht zurückkehren, sehr früh meine Rolle übernommen.

»Lasst uns essen!«, sagte ich, als ich den kleinen Hof betrat. »Schaut, eure Mutter kehrt verschleiert heim, wie eine Beduinin!«

Ich versuchte zu scherzen; wir aßen schweigend zu Mittag, während sie im Radio von Razzien in den nahen Bergen berichteten, manchmal auch von der Explosion einer

Bombe in der Hauptstadt. Eben, in der Hauptstadt, doch nicht in Caesarea, das in ewiger Betäubung zu verharren schien.

Dir, Mina, sagte ich nicht, dass ich zu den Verhören von Kommissar Costa ging. Aber du wusstest, da war ein Geheimnis, du spürtest, wie die Gefahr näher und näher rückte. Du schautest zu mir auf, mit verengten Pupillen, lauernd, und zwangst dich tapfer zu einem Lächeln.

»Ich habe auf meinen kleinen Bruder aufgepasst!« Nachts hatte ich Angst, ich hielt die Augen offen, da ich mir sagte, einmal käme die Zeit, wo du, ein zehnjähriges Mädchen, hier allein wachen müsstest, Tag und Nacht, über dich und deinen Bruder. Nein, das wäre zu hart. Ich musste Zeit gewinnen ... Doch wie? Ich musste etwas finden ...

»Kommissar Costa«, murmelte ich für mich, mit bangem Herzen. Wie sollte ich das eiserne Band meiner Angst ein wenig lösen – wenn ich strauchelte, wenn ich mich bei einer Antwort irrte ...

Ihm die Stirn bieten. Ich habe mich in den folgenden zwei Monaten auf die Verhöre eingelassen, zu denen er mich in letzter Minute rufen ließ. Jedes Mal klopfte ein Unbekannter in Zivil zweimal an, ein Zettel wurde unter der Tür durchgeschoben, ich las: »Dringendes Verhör«, und zog mir sofort den Schleier über.

Ich hätte mir sagen sollen: Welche Frau hat sich je in dieser Stadt »dringend« zu einem Liebhaber begeben müssen, von dem sie wusste, dass er ihr später fast sicher den Tod, Vergessen, oder, noch schlimmer, die Verurteilung von allen einbringen würde? Ich ging hin, gefasst,

gewöhnte mich allmählich an diese anhaltende, luchs-
äugige Erregtheit, die mich insgeheim in all jenen Tagen
mit einer heftigen Unruhe erfüllte.

Dieser Mann war gefährlich. Ich fragte mich einmal, als
ich ihn plötzlich von nahem sah: Foltert er auch selbst ...
Mit diesen Händen? Seine gedrungene Gestalt, seine breiten Schultern: Er stand da, groß und massig, sein Bauch
ragte unter dem Jackett vor, er trug nie eine Uniform. Hinter den dicken Brillengläsern ein schwerer, scharfer Blick.
Mitten im Gespräch nahm er sich mit seiner sorgsam
manikürten Hand die Brille schwungvoll von der Nase,
putzte sie umständlich, dann schwenkte er sie gegen die
Schulter und nahm sich endlich Zeit, mich offen anzusehen. In dieser Pause, an diesem Höhepunkt der Konfrontation, im Zentrum unseres heimlichen Duells, stand ich
auf (ich erhob mich instinktiv, als wollte er mich schlagen
und als wäre ich bereit, ihn zu parieren, auszuweichen,
zurückzuschlagen) und mein Schleier glitt ganz über den
Stuhl, auf dem ich vorher gesessen hatte. In jenem
Moment spielte keine Rolle, was er sagte, seine andeu-
tungsvolle, nahe, seltsam sanfte Stimme versuchte wohl,
mich dazu zu bewegen, aufzuhören. Womit? Mit meinem
uneingestandenen Krieg, für den er Beweise suchte, mit
meinen heimlichen Umtrieben, von denen er etwas ahnte,
ohne dessen jedoch habhaft zu werden.

Die Falle. Er arbeitete mit seiner gedämpften Ruhe, mit
verschwiegenen Tricks, mit der Langsamkeit, mit der er in
dieser seltsamen Atmosphäre seine Fragen stellte (er war

plötzlich so herzlich, dass man ihn für ehrlich halten konnte); so wob er um mich sein Spinnennetz, unsichtbar, allzu sichtbar – ich, seine Beute. Er bemerkte, dass sie nicht leicht einzufangen war, ein Aal, der ihm entglitt, während ich mich krampfhaft dazu zwang, ihm zu widerstehen, was er auch sagte, wie auch seine Komplimente lauten mochten, über »mein gutes Französisch und meine Bildung«.

»Nichts weiter als ein einfacher Volksschulabschluss, Herr Kommissar!«, erwiderte ich.

Nein, ich wollte nicht seine gelähmte Beute sein, niemals! Ich war bereit, wenn es nötig wäre, ihn zu beschimpfen, koste es, was es wolle! Einmal dachte ich, wenn einer in diesem Moment hereingeplatzt wäre – ein Polizist oder ein Partisan – hätte er leicht denken können, es würde zwischen uns gleich zu einer Liebesszene kommen, ich stand da, ohne einen Schritt zu tun, und Costa war kurz davor, mich zu umarmen, nicht nur mit seiner Stimme, mich zu vergewaltigen, mich an sich zu pressen ... weil er glaubte, mich so zu brechen ... Ja, jedes Mal zeichnete sich eine Sekunde lang die befürchtete, ersehnte, verleugnete Vergewaltigung ab, wir dachten beide insgeheim daran, er und ich. Aber er wusste nicht, wie weit mein Hass, meine überhebliche Gegenwehr gehen konnte. Und ich wusste nicht, ob ich es vorzog, ihm zu trotzen, mich zu entziehen, weil es allmählich oder mit einem Schlag in die Vergewaltigung umkippen konnte. Eine Vergewaltigung ohne Einverständnis, aber vielleicht ohne Hass.

Ich analysierte das alles, während ich in mein verschlafenes Viertel zurückkehrte. Ich hasste diesen Mann nicht mehr, die Rivalität zwischen uns führte für meinen Körper, der sich jede Sekunde in höchster Anspannung befand, schließlich zu einem völlig flachen Zustand, einem neutralen, leeren Verhältnis. Ich musste ihm entkommen.

Ich erzähle dir, meine Kleine, von Kommissar Costa … Zwei Jahre nach meiner »Erhebung in die Lüfte« oder, wenn du willst, meinem Verschwinden, gelang es einigen Partisanen, die in der Höhle schliefen, zu der du später kamst, also einigen »meiner Söhne« gelang es, ihn zu überfallen und zu töten, eines Nachts in einer Gasse, in die er sich allein gewagt hatte. Denn am Ende wurde bekannt, dass er eine Freundin hatte, eine berberische Prostituierte – sie töteten ihn, indem sie ihm von hinten die Kehle durchschnitten, damit er möglichst ausblutete, in der Nähe des Militärhospitals … Davor, als wir beide noch lebten, sagte ich mir, er wird mich zwingen, fortzugehen, meine Kinder zu verlassen, »in die Berge zu gehen«!

Soll ich sagen, meine lange Auflehnung gegen diesen Mann wäre ein Glück für mich gewesen? Soll ich sagen, dass ich trotz meiner drei Ehemänner, ich, ein Schatten über allen Gassen von heute, der dich mit seiner Stimme zu umfangen versucht, dass ich von dem Gespenst eines Mannes mit durchgeschnittener Kehle verfolgt werde?

Man muss sich fragen: Kommt der Fluch über dieses Land manchmal durch die Tatsache, dass wir uns über unsere Feinde täuschen? Wir brauchen unsere Auflehnung, um aus dem Schlaf zu erwachen, und dabei kommt es kaum an auf das Gesicht und den Körper des Gegners, auf den wir stoßen, fast hätte ich gesagt, der uns als Punkt zum Abheben dient. Wir suchen die Szene, wir gehen unaufhaltsam auf sie zu, wie Schauspieler im Theater, und, da uns das Publikum fehlt, schaffen wir uns einen zufälligen Rahmen, einen überhastet gezogenen Kreide-strich ... Schnell, ein Feind, schnell, eine Stimme, gegen die wir uns wehren. Wir suchen außerhalb unserer selbst, dabei tragen wir das erste aller Rätsel in uns, nein ...

Kommissar Costa, das sage ich dir, mein kleines Mäd-chen, hat mich gerettet, denn er hat mich zur Entscheidung gezwungen, dazu, einen Schritt zu machen, die Fesseln durchzuschneiden. War er also in diesem Fall wirklich der Feind?

Es wird berichtet, genau hundert Jahre bevor ich in die Bergdörfer hinaufging, sprangen unter den Mauern der Stadt Bougie, die gerade von den französischen Soldaten erobert worden war, die berberischen Kriegerinnen auf die Pferde der soeben vor ihren Augen gefallenen Männer, und stellten sich unter diesen Mauern den Feinden entge-gen. Sie ließen sich töten wie die Amazonen! Die neuen Eroberer wunderten sich: »Was ist das für ein Volk, das solche Frauen hat?«, schrieben sie.

Sollte man nicht diesen fremden Beobachtern danken? Als Einzige bezeugen sie, wie unsere Leiber schlagartig ins Licht traten und in diesem Tod Sinn und Erfüllung fan-den, da er besungen wurde.

8

Zohra Oudai taucht wieder in
die Vergangenheit

Sind Mina und ihre Freundin, die Besucherin, unzertrenn-
lich geworden? Jedenfalls widmen sie einen ganzen Tag
den Sehenswürdigkeiten: Sie studieren das längste Aquädukt in Algerien im Oued Bellah und das kürzere in Chenoua. Sie verbringen eine Zeit im Forum von Caesarea,
dann im Amphitheater, bevor sie, diesmal zu zweit, ins
Museum gehen: nicht nur, um das eigenartige Mosaik,
sondern auch um die Statuen zu betrachten. Mina stellt
sich vor, die Göttinnen würden wieder überall in der Stadt
aufgestellt, so wie sie waren, manche völlig nackt, aber
auch bei den anderen ließ der Faltenwurf der Hüllen die
Fülle der Körperformen erkennen. In Verehrung vor dem
gelehrten Fürsten, dem Gemahl der Kleopatra Selene,
sollten die Frauen der Stadt ihre Schleier in Schwarz oder
Weiß zu Füßen der Statuen ablegen. So wären die Göttinnen zu Vorboten der Zukunft geworden ...

Nach dem Touristenprogramm – die Fremde (sie wurde
zumindest so genannt) hatte mit ihrem Bewegungsdrang
Mina einfach mitgerissen und sie dazu gebracht, sich das
Caesarea der früheren Zeiten anzusehen – kehren die

beiden am nächsten Morgen in die Hügel mit ihren Obstgärten zurück.

Sie steigen vor dem Tor von Tante Zohra aus, die sie
lachend mit nackten Armen mitten im Dampf ihres Back-
ofens empfängt.

Danach ruhen sich die beiden dankbar auf den ausge-
legten Matratzen unter dem Vordach des Hofs aus ...

»Meine Mädchen«, beginnt Zohra Oudai und legt ihr
noch heißes Brot vor die Besucherinnen, »heute Morgen,
noch bevor die Sonne aufgegangen war, wer ist da gekommen, um mir beim Anzünden des Ofens zu helfen? Denn
in meinem Alter kann ich nicht mehr allein den Ofen aus-
putzen, dann die Reisigbündel darin verteilen und vor
allem dafür sorgen, dass es nicht zu lange raucht ... Das
wird mir zu viel!«

Sie lacht wieder, die Kriegswitwe und Mutter von drei
als Märtyrer gefallenen Söhnen, die nicht mehr in die Stadt
hinuntergehen will, »zu den Schakalen«, wie sie sagt.

»Also«, fährt sie fort und schneidet selbst mit ihren
hennageröteten Fingern die Roggenfladen auf, die sie den
»Mädchen« anbietet, »meine Süßen, ich habe heute schon
von euch geredet, denn wer ist gekommen, mir zu helfen?« Sie schüttelt plötzlich traurig den Kopf. »Gott ist
groß in seiner Barmherzigkeit, häufig auch hart, wenn er
uns mit mehreren Todesfällen zugleich schlägt, aber trotz-
dem gibt es immer noch seine Barmherzigkeit! Gottes
Barmherzigkeit kam heute in Gestalt von meiner Cousine
Djamila. Sie wohnt nebenan. Sie ist zwanzig Jahre jünger
als ich. Ich erinnere mich noch, ich war frisch verheiratet,

da half ich meiner Tante väterlicherseits, sie als Säugling zu pflegen. Wir wohnten alle in diesem Dorf, damals, zu Friedenszeiten.

Jetzt, wo mein Leben bald enden wird, ist es Djamila, die ich damals in meinen Armen trug – sie weinte die ganze Nacht, Monat um Monat ging das so, und ihre Mutter bat mich: ›Ich kann nicht mehr! Dieses Mädchen ist bitter!‹, das sagte die eigene Mutter! Und ich, neben meinem Mann, der schlief wie ein Stein und schnarchte – Gott bewahre ihn heute in seinem Heil! – wiegte sie jede Nacht, ich schlief ein, schreckte kurze Zeit später wieder auf, weil sie jammerte, kurz aufweinte, schließlich schrie, und dann wiegte ich sie stundenlang, bis zum ersten Gebet vor Tagesanbruch … Ja … Warum erzähle ich euch das alles.

Djamila, die ich damals im Halbschlaf trug, diese Djamila ›trägt‹ mich heute, wie wir es ausdrücken, vierzig Jahre danach … Das ist die Barmherzigkeit Gottes, sage ich euch! Ich hatte vier Söhne und eine einzige Tochter. Es stand geschrieben, dass meine Cousine mir wie eine Tochter sein sollte! Sie wohnt gleich nebenan und jeden Morgen, bevor sie mit ihrer Hausarbeit anfängt, beginnt sie ihren Tag, indem sie hier eintritt, ›aus Nächstenliebe‹, wie sie sagt. ›Meine Tante‹, so nennt sie mich, ›sag mir, was ich heute in deinem Haushalt tun kann!‹«

Tante Zohra schüttelt nachdenklich den Kopf. »In aller Frühe war es mir, als verkündete mir der Erzengel Gabriel: ›Mina, deine kleine Mina, wird dich heute wieder besuchen kommen!‹ Ja, ja, ich habe diese Stimme in meinem Kopf gehört! Ich dachte: Wahrscheinlich ist die Besucherin noch in der Stadt! Vielleicht kommen sie zu zweit. Ich erzähle euch, wie mein Tag angefangen hat. Denn ich muss gestehen, oft habe ich am Morgen zwischen den beiden Gebeten keine Lust auf gar nichts. Es ist nicht wie früher ... Dann setze ich mich vor dem Obstgarten hin, schaue in die Berge und unterhalte mich mit unseren Abwesenden: einmal mit dem ältesten meiner Söhne, ein anderes Mal mit ihrem Vater ... Manchmal mit meinem Bruder, mit dem, der meinem Herzen am nächsten war und den ich begraben konnte ...«

Ihre Hand, die sie an die Haube gelegt hatte, schlägt plötzlich in den Wind oder verjagt unsichtbare Fliegen, als wollte sie Schlingen von Erinnerungen vertreiben.

»Heute Morgen habe ich also an dich gedacht, meine Mina! Ich sagte mir: Wenn sie nicht kommt, dann bleibe ich hier, wo ihr jetzt beide sitzt, und, da die Kleine nicht hier ist, rede ich mit ihrer Mutter.« Sie zuckt zusammen, reibt sich die Stirn. »Mit Zoulikha, Gott sichere ihr das Heil!«

Die Besucherinnen schlürfen langsam ihren Tee.

»Brecht die Fladen, sie sind noch heiß, ich bitte euch. Wo war ich stehen geblieben? Als meine Cousine heute Morgen also hier erschien, habe ich nicht gezögert, sondern ganz entschieden zu ihr gesagt: ›Auch wenn es heute noch sehr heiß wird, heiz mir bitte den Backofen an, meine Tochter! Im Falle, dass ich Gäste kriege!‹«

Die Sonne beginnt über dem kleinen Mäuerchen, das den Hof einfasst, zu sinken. Tante Oudai, winzig und vertrocknet in ihrer geblümten Pluderhose, steht auf, setzt sich wieder hin und wacht darüber, dass ihre »Mädchen« sich stärken. Aber sie scheint jetzt in Gedanken mit Zoulikha zusammen zu sein, zurückversetzt in die Zeit vor fünfzehn Jahren.

»Es kommt mir vor«, sinniert die Fremde, »als schwebte Zoulikha hier wie ein Vogel mit durchscheinenden, schillernden Schwingen unverrückbar im Gedächtnis jeder der Frauen ...«

»Soll ich euch von Djamila erzählen?«

Zohra Oudais Stimme setzt zitternd wieder an: »Ihr erinnert euch, als einmal ein französischer Offizier bis in meinen Hof kam und Zoulikha durch einen glücklichen Zufall hinten in meinem Obstgarten gerettet wurde?«

»Vielleicht«, greift Mina ein, »wenn meine Mutter damals verhaftet worden wäre (es ist das erste Mal, bemerkt die Freundin, dass sie direkt von ihrer Mutter spricht), dann wäre Zoulikha gefoltert worden, sie wäre ins Gefängnis gekommen ... Aber vielleicht, das sage ich mir jetzt, würde sie noch leben und ... (ihre Stimme stockt) würde jetzt in diesem Augenblick ... darüber reden, mit dir ... mit uns!«

Tante Zohra gießt den Tee ein, der abgekühlt ist. Sie denkt mit gesenktem Kopf nach, dann sagt sie: »O Mina, sag nicht wenn dann ... Es ist Gottes Wille, was können wir tun? Wenn sie an jenem Tag verhaftet worden wäre, vielleicht wäre Zoulikhas Los dann noch härter gewesen ...«

Mit einem entschiedenen Kopfschütteln wechselt sie den Ton. Wie zu einem heiteren Märchen kehrt sie unbeirrbar zur Geschichte von Djamila zurück.

Eine Geschichte in der Geschichte und so immer weiter, denkt die Besucherin bei sich. Ist das nicht eine
unbewusste Strategie, damit wir uns am Ende vom Lied,
wenn wir zuhören und gesehen haben, wie sich der
Faden der Geschichte knüpft und wieder löst, wie er
gedreht und gewendet wird ... damit wir uns am Ende
befreit fühlen sollen? Von dem Schatten dieser stummen,
reglosen Vergangenheit, von dieser Felswand über unserem Kopf ... Eine entlastende Weise, mit dem Gedächtnis zu spielen ...

»Denkt an den Tag mit dem französischen Offizier ...«
Tante Zohras Stimme ist fast munter. »Er hatte Djamila
verhaftet, nicht wahr, zusammen mit den Tanten, den
Cousinen ...«

Die Fremde nimmt wieder das Echo seiner französischen Worte auf, die von Zohra Oudai überliefert, sicher
auch ein wenig verformt worden waren: »Frauen ...
Wilde«

»Genau«, unterstreicht Tante Zohra die Worte. »Später, ein andermal, als sie wieder plötzlich aufgetaucht
waren, die Söhne Frankreichs ... Zoulikha war nicht bei
uns, sie lebte damals schon bei den Partisanen, das Hin
und Her war zu gefährlich für sie geworden, von der Stadt
zu unseren Obstgärten ... Ich sollte Djamila rufen, damit
sie euch selbst weitererzählt.«

»Nein, du erzählst am besten«, wendet Mina ein.

»Dieses Mal dachten sie wirklich, Djamila wäre die verkleidete Zoulikha! Warum? Zum einen hatte sie ungefähr
Zoulikhas Alter. Aber vor allem hatte sie protestiert, als die

Soldaten wie gewöhnlich alle Frauen aus den Häusern geholt und in einer Reihe aufgestellt hatten. Denkt nur, da hat Djamila auf Französisch gesagt, wutentbrannt und auf Französisch, o lieber Prophet: ›Warum, warum holt ihr uns aus unseren Häusern?‹ Ja, meine Schätzchen, auf Französisch.«

Zohra Oudai sieht die Szene wieder vor sich, ihre Augen sprühen von einer unerwarteten Boshaftigkeit. »Meine Cousine sprach diese Worte in einem Französisch, das sie irgendwie gelernt hatte, ich weiß nicht, vielleicht hat sie als junges Mädchen eine Zeit lang bei gebildeten Verwandten in der Stadt gelebt. Als die Soldaten hörten, dass sie Französisch sprach, dachten sie sofort: ›Das ist sie, die berühmte Zoulikha!‹ Sie nahmen sie mit, zusammen mit ihrer Jüngsten, die sie noch auf dem Rücken trug, in einem breiten, um die Hüften geschlungenen Gürtel. Sie musste weit laufen, die Arme, durch den Wald, und ihre kleine Zweijährige schlug ihr die ganze Zeit gegen die Lenden! ... So gelangte Djamila nach Caesarea! Leute von dort erzählen, dass die Arme vom Laufen auf den Pfaden im Wald ganz blutige Füße hatte.«

»Und dann«, fragt Mina ungeduldig, während Zohra Atem holt. Die Abenddämmerung hat sich über den Horizont gebreitet. Schon gleitet Halbdunkel in den Innenhof.

»Als sie in der Hauptkaserne der Stadt angelangt waren, tadelten die Oberen die übereifrigen Soldaten: ›Wir haben euch nicht gesagt, uns eine Frau mit ihrer Kleinen zu bringen! Wir haben angeordnet, jede Bäuerin in diesen Dörfern zu verhaften, die goldene Zähne und einen

Schönheitsfleck hier, im Gesicht hat ... Genauer gesagt, in der Mitte der linken Wange!‹«

Draußen verabschieden sich Männerstimmen vor dem Nachhausegehen. Ein ägyptisches Lied tönt mit seinen Gesangsspiralen aus einem zu laut gestellten Radio.

»So war das«, fährt Tante Zohra fort, nachdem sie einige Minuten überlegt hat. »Ich erinnere mich, wenn sich eine Razzia ankündigte, legten alle Frauen, die ein goldenes Gebiss hatten, es sofort ab ...«

Sie lacht, entspannt sich. »Ihr seid zu jung, um das zu verstehen, meine Schätzchen. Es gab eine Zeit gleich nach dem Krieg – nicht unser Krieg mit Frankreich, der andere, mit Deutschland – damals kam eine Mode auf, vor allem in den Städten, aber auch hier in der Gegend: Man sah Frauen, manche noch jung, mit weißen, gesunden Zähnen wie Perlen des Orients ... Und die gingen zum Zahnbrecher, um sich alle ausreißen und sich ein Gebiss ganz aus Gold in den Mund setzen zu lassen! Ja, ein Vermögen im Mund, so rühmten sie sich und setzten hinzu: ›Um sicherer zu sein, wenn etwas passiert!‹ Sie haben nur an die Verstoßung gedacht, die Armen, und nicht an den Krieg!

Die Frauen der reichen oder wohlhabenden Bauern – das war vor der Revolution – hatten diese Mode mitgemacht. Als unser Befreiungskrieg hierher in die Berge kam, mussten die gleichen Frauen, die vorher so eitel gewesen waren, bei der geringsten Razzia als Erstes ihr Gebiss ablegen, eben wegen Zoulikha, und ihr Mund war leer, wie bei einer Greisin!«

Zohra Oudai legt den Kopf zurück und lässt einen langen, leidenschaftlichen, höhnischen Youyou-Ruf erklingen, wie zur Rache, er hatte wohl mindestens ein Jahrzehnt darauf gewartet, um ununterdrückbar in sprühenden Kaskaden aufzusteigen, während die Nacht die Umgebung bedeckte.

War es ein Youyou für das Fest oder ein Wutgelächter?

Ein wenig später erklärt Mina ihrer Freundin, während sie sich erhebt, in munterem Ton: »Als meine Mutter meinen Bruder bekam, das weiß ich von meiner Schwester, lag sie hinterher ein Jahr lang geschwächt darnieder. Aus Kalkmangel waren ihr fast alle Zähne ausgefallen. Seither trug Zoulikha ein goldenes Gebiss. Nach ihrer Genesung hatte sie auch zugenommen, sie war recht kräftig geworden.«

»Stark und kräftig«, bemerkt Zohra Oudai. »Sie sah aus wie eine von uns, so kräftig wie eine Bergbäuerin, wir sind ja an harte Arbeit gewöhnt!«

Wehmütig sagt sie: »Irgendwann kam der Tag der Befreiung, ach ja! Wie lange hat es gedauert! Gott, wie lange hat es gedauert.« Dann leiser: »Sieben Jahre, das war nicht wenig!«

Nach langem Schweigen lässt sie sich von der Vergangenheit einholen. »Ein Monat nach ihrem Verschwinden kamen die Franzosen ins Dorf. ›Raus!‹, befahlen sie uns, dann zündeten sie das Haus an! Den Oudai gehörten damals zwölf Häuser. Ich und meine Söhne hatten sechs, vier waren aus gestampftem Lehm und zwei aus Stein gebaut! Die Armee war am Vortag zum Vorsteher des Dorfs gekommen: Sie hatten bei ihm die Liste derjenigen gefunden, die den Partisanen Geld gaben. Den Verantwortlichen brachten sie um. Uns haben sie alles abgebrannt. Ich wollte einige Wertgegenstände herausholen; sie ließen es nicht zu. Sie legten überall Feuer! ... Am nächsten Tag habe ich zufällig diesen niedrigen Tisch wieder gefunden, im Obstgarten unter einem Orangenbaum. Ach, wenn ich zurückdenke!«

Zohra Oudai bricht ab, ihr Gesicht ist bleich geworden, eine Hand beginnt krampfartig zu zucken. Sie kann nicht weiterreden. Sie steht auf, geht hin und her. Setzt sich wieder, zwischen den Fingern hat sie auf einmal eine Gebetsschnur mit geschwärzten Perlen.

»Und am Tag der Unabhängigkeit?«, mischt sich die Besucherin ein, die zugesehen hat, wie die Gefühle die Gastgeberin überwältigten.

»Am Tag der Befreiung?«, fährt Tante Zohra nicht sogleich, aber dann milder gestimmt fort. »Im ersten Monat nach dem Waffenstillstand verließen viele europäische Familien in einer Massenflucht das Land, wie es hieß, aber nicht alle. Die Direktorin der Mädchenschule ist hier geblieben, bei uns, bis zu ihrem Tod. Ich stand damals allein mit den drei Kindern meiner Tochter, für die ich zu sorgen hatte. Mein Mann hatte diese Tochter zu jung mit dem Ersten verheiratet, der um sie anhielt. Es war noch Krieg und da fürchteten wir, sie würde Schande über uns bringen! ... Nachdem sie ihr Vaterhaus so jung verlassen hatte, arbeitete sie später mit mir zusammen im ›Unterschlupf‹, obwohl sie verheiratet war und kleine Kinder hatte. Als sie Zoulikha im Wald festnahmen, zog sie blitzschnell ihren Schleier an und eilte hinauf, um sie zu sehen. Sie wurde Zeugin der letzten Szene.

Später kam die Scheidung: Sie kehrte zurück zu mir mit ihren drei Kleinen. Ich gab sie wieder in eine Ehe, aber ich behielt die Kinder bei mir. Ihr Vater schickt ihnen nichts, und es gibt keine Männer mehr, die ihn zwingen würden, dass er sich wie ein Mann benimmt! Ob sie was zu essen haben oder nackt herumlaufen, das kümmert ihn wenig.

Nach der Unabhängigkeit erfuhr ich, dass alle, die ihre Söhne im Partisanenkampf verloren hatten, und deren Haus mit Dynamit gesprengt worden war – also genau mein Fall – ein Anrecht auf eine Ersatzwohnung in der Stadt hätten. Das Vorrecht auf alle Häuser, die von den geflohenen Franzosen zurückgelassen worden waren.

Ich bitte nicht gern, aber wegen der Kleinen, die ich am Hals hatte, bedeckte ich meinen Kopf mit dem Schleier, überwand meine Scham und ging für einen Tag hinunter. Man sagte mir, ein Mann mit dem Beinamen Allal habe die Verteilung übernommen. Eben dieser Allal hatte sich, als er 1956 in die Berge ging, einen Monat lang bei mir versteckt. Si El Hadj, ein Alter aus der Stadt, begleitete mich, um mir das Haus von Allal zu zeigen; er klopfte für mich an die Tür, der gute Mann. Eine Frau antwortete, ohne zu öffnen, Allal sei beim Apotheker. ›Eine Versammlung!‹, fügte sie hinzu. Mein Führer zögerte, dann zeigte er mir den Weg. Ich ging allein hinein. Si Allal hielt große Reden vor einer ganzen Anzahl versammelter Bürger. Und ich mit meinem Korb in der Hand, meinem doppelt gefalteten Schleier auf dem Kopf, mit dem Staub der Straße auf meinen Beinen bis zu den Knien, setzte mich mitten unter sie.

Allal brauchte ich wohl nicht daran zu erinnern, so dachte ich mir, dass mein Mann getötet wurde und meine drei Söhne als Helden gestorben waren. Ich hätte ihm wenigstens sagen sollen: Der jüngste von ihnen hat in fast allen Schlachten, von unseren Bergen bis an die tunesische Grenze, mitgekämpft, während du in den Höhlen und Löchern geblieben bist! ... Aber ich hielt lieber den Mund. Als er in seinen schönen Worten eine Pause einlegte, sagte ich ihm nur: ›Allal, ich bin wegen dem gekommen, was mir zusteht! Die Kleinen bei mir brauchen ein Dach über dem Kopf, du machst hier die Verteilung, wie ich höre.‹

Er hat mich heftig unterbrochen. Er antwortete mir in Arabisch und ziemlich schroff: ›Ja, Mutter, ich komme in den nächsten Tagen zu dir hinauf!‹

Er kam nicht ›in den nächsten Tagen‹, sondern ein halbes Jahr später, um mir vorzuwerfen, ich hätte ihn ›beleidigt‹ und die Tür des Apothekers zugeschlagen, vor ihnen allen – ich nenne sie ›die Schakale‹«, sagt sie mit einem Grinsen.

»Erst später, lange Zeit später, habe ich verstanden, dass es ihm peinlich war, weil ich ihn ganz unwillkürlich in Berbersprache angesprochen hatte; es zeigte, dass ich die Städter um ihn herum nicht beachtete!

Auf seine Vorwürfe habe ich folgendermaßen geantwortet: ›Ja, ich habe tatsächlich die Tür vor deinen neuen

Freunden zugeschlagen! Und ich bin wieder hinaufgestiegen in diese Bude. Die stammt übrigens von der französischen Armee! Der Feind dachte, die reicht für mich und die drei Waisenkinder. Dazu sage ich dir heute, Allal: Und der Feind hat Recht behalten!‹«

Am selben Tag begleitet Mina die Freundin zu ihrer Schwester Hania. Sie sagt gleich beim Eintreten: »Habiba, unsere Freundin möchte sich bei dir verabschieden, denn sie hat beschlossen, schon morgen nach Algier zurückzufahren.«

»Wir hatten uns so an dich gewöhnt! Ich hoffe, dass wir uns in Zukunft öfter sehen.«

Während Mina den niedrigen Tisch hinstellt, erklärt die Besucherin Hania, dass sie am nächsten Morgen ihre Tante väterlicherseits besuchen möchte, nach der sie sich oft sehnt. Sie spricht auch von ihrem Vater, um dessen Gesundheit sie seit einigen Monaten besorgt ist.

»Glücklich sind die Frauen«, wirft Hania wehmütig ein, »die sich in unserem Land ›Töchter des Vaters‹ nennen können!« Sie scheint nach Worten zu suchen: »Auch Zoulikha, meine Mutter, verdankte die erste Kraft ihrer Jugend ihrem Vater! Im Grunde ist es Tradition im Islam: Bei Lalla Fatima und ihrem Vater, unserem Propheten, der viele Töchter hatte, da waren es Fatimas Söhne, die sterben mussten, und die Töchter Fatimas, die Worte des Vorwurfs sprachen vor allen Leuten!«

Mina hat sich jetzt hingesetzt. Sie betrachtet die ältere Schwester aufmerksam.

Diese ist fast heiter, zugleich aber umfangen von einer neuen Wehmut. »Ich habe gewiss eine außergewöhnliche Mutter ... Dennoch habe ich weniger Glück als Mina, meine kleine Schwester, weil sie so zärtliche Erinnerungen an ihren Vater El Hadj besitzt ... Ich habe meinen Vater nicht gekannt ... Ich kann sogar sagen, vor meiner Heirat hatte ich keine richtige Familie, nur Zoulikha.«

Die Besucherin bemerkt lebhaft: »Zoulikha hatte, wie meine Großmutter, drei Ehemänner, nicht wahr?«

»Das stimmt, ich habe neulich daran gedacht, als du mich mit deinen Fernsehassistenten das erste Mal befragt hast. Aber ich wollte nicht so vor allen über ihr Privatleben sprechen.«

»Wir sind jetzt unter uns«, sagt die Frau leise, die zum letzten Mal die Zuhörerin ist.

»Nach meiner Meinung hat Zoulikha in dieser Stadt – wo die Sitten strenger sind und das Gerede besonders hämisch –, wie deine Großmutter, mit ihrer Lebensführung eher in unsere Generation gehört. Ich versichere dir, dass ich sie nicht idealisiere ... Zum Beispiel hat sie jeden ihrer Ehemänner selbst gewählt.« Sie lacht plötzlich fast leichtherzig. »Und sie hat jeden von ihnen geliebt, wenn auch unterschiedlich!«

Dann steht Hania auf und gibt im Innern des Hauses Anweisungen – sie entlässt wohl die Haushaltshilfe aus ihren Pflichten, oder der junge Bruder, der übers Wochenende gekommen ist, hat seine mütterliche Schwester gebraucht und sie hat es geahnt. Schließlich ist das Haus in Caesarea noch immer fast ausschließlich die Domäne der Frauen, so etwas wie der Harem. Der »Herr im Hause«, ob Ehemann, Bruder oder der erwachsene Sohn (Zohra Oudai hatte kurz zuvor in Berbersprache »mein Haus« gesagt, als sie von ihrem Ehemann sprach), dieser Herr und Meister also, der Mann, fühlt sich nur draußen wirklich als Meister. Auf der Straße, einem Raum mit fast vollständiger Geschlechtertrennung, in den maurischen Teehäusern, manchmal in der Moschee, überall, wo seiner Person die anderen Mitglieder der Familie zugerechnet werden (Frauen, Töchter und kleine Jungen), die er zu unterhalten, das heißt, zu befehligen und zugleich in der Gemeinschaft zu vertreten hat.

Nachdem Hania an ihren Platz zurückgekehrt ist, erzählt sie weiter, was man die »Liebesgeschichten« ihrer Mutter nennen könnte. Ohne es zu bemerken, erzählte sie nun von Zoulikha fast wie eine Schwester.

»Mit sechzehn, als sie nach dem Abschluss wieder aufs Land, ins Haus ihres Vaters zurückgekehrt war, heiratete sie ihren ersten Mann, meinen Vater ... Seltsam, sie erzählte mir das alles auf einmal: an dem Tag, als sie zögerte, zu den Partisanen hinaufzugehen, als sie an die Kleinen dachte und sie uns schließlich anvertraute, mir und meinem Mann! In dieser schwierigen Lage verspürte sie das Bedürfnis, mir von ihrer Jugend zu berichten, wahrscheinlich weil ich damals so alt war wie sie bei ihrer ersten Wahl. Da sie mich verheiratet sah – ebenfalls mit sechzehn Jahren – und nach einiger Zeit erkannte, dass ich einen guten Mann hatte, dem man vertrauen konnte, öffnete sie sich mir, sozusagen von Frau zu Frau.

So erfuhr ich, dass sie ihren ersten Mann unbedingt heiraten wollte, gegen die Empfehlung ihres Vaters. Leider dauerte diese Ehe nur kurz, weniger als ein Jahr, glaube ich. Mein Vater hatte eine Prügelei mit einem sehr mächtigen Siedler aus der Gegend: Dieser hatte ihn angeblich einen Aufrührer genannt ... Er flüchtete, nahm das Schiff nach Frankreich, beschloss also, auszuwandern, hatte aber versprochen, sich zu melden.«

Hania hält inne, als würde sie sich jetzt erst bewusst, dass sie von Anfang an vaterlos aufgewachsen war.

»Zoulikha brachte mich danach auf die Welt. Sie erzählte mir, sie habe noch über ein Jahr auf Nachricht von ihm gewartet. Danach unternahm sie die nötigen Schritte beim Kadi, um ihre Freiheit wiederzuerlangen. ›Es ist mir schwer gefallen‹, gestand sie mir. ›Aber keiner hat mich deswegen weinen sehen!‹

Auf dem Bauernhof lebte auch meine Großtante von Vaterseite. Sie erklärte sich bereit, mich aufzuziehen. Zoulikha beschloss, als Postangestellte in Blida zu arbeiten. Ich wuchs also auf dem Land auf, und ich erinnere mich noch gut, ich sah sie immer nur kurz am Sonntag, bis ich sechs Jahre alt war.«

Hania sinniert ... dann fährt sie mit weicherer Stimme fort: »Es kam der Tag ihrer zweiten Hochzeit, ihre Augen strahlten vor Freude. Sie erschien mir so schön ... Es war das einzige Mal in ihrem Leben, dass sie sich schminken ließ. Damals legte man den jungen Frauen silberne oder goldene Pailletten zwischen die Wimpern und oben auf die Wangenknochen. Eine Braut sollte aussehen wie eine Göttin!«

Mina sitzt hingekauert und hört zu: Der Bericht von Zoulikhas Glück scheint sie aufzuheitern, nachdem sie selbst kurz davor das Bedürfnis verspürt hatte, ihre eigene Liebesenttäuschung zu erzählen, unter der sie immer noch litt.

Hania fährt in fast scherzhaftem Ton fort: »Ihr zweiter war, wie es scheint, ein sehr schöner Mann! Außerdem war er Unteroffizier in der französischen Armee. Er stammte aus der Sahara, seine Haut war fast schwarz. ›Was für ein schöner Mann!‹, riefen die weiblichen Hochzeitsgäste, die hinter ihren Schleiern zusahen, wie er unter Youyou-Rufen in der ersten Nacht ins Zimmer eintrat. Habe ich, obwohl ich noch so klein war, aus diesen Bemerkungen der Frauen geschlossen, dass Zoulikha ihn aus Liebe heiratete? Vielleicht liebte sie ihn noch mehr als meinen Vater, wenn sie es mir auch, als sie später davon sprach, nicht sagte. Jedenfalls habe ich die Bilder von dieser Hochzeit noch vollständig im Gedächtnis.

Eine Einzelheit fällt mir wieder ein: Sie stellte mich den geladenen Frauen, zumindest den Frauen aus der Familie des Bräutigams, die von weither kamen, als … ihre Schwester vor! Ja, ganz bestimmt, die einzige Lüge Zoulikhas geschah aus Eitelkeit. Als wäre dieser Mann ihr erster! Obwohl ich noch so klein war, nahm ich es ihr nicht übel. Und was hat ihr das Leben denn noch geschenkt, danach«, fügt Hania, plötzlich traurig, hinzu.

Mina wirft ungeduldig ein: »Ich habe nie erfahren, das merke ich jetzt, wie diese zweite Ehe endete!«

Hania erzählt ruhig weiter: »Ich komme wieder zu dem Tag, an dem sie sich gezwungen sah, zu den Partisanen zu gehen, und an dem sie vor mir ihr ganzes Leben ablaufen ließ. Spürte sie vielleicht, dass ich später über sie Zeugnis ablegen würde? ›Meine Freundin, meine Schwester‹, sagte sie so oft zu mir.«

Hanias Stimme bricht bei der Erinnerung an die Zärtlichkeit, mit der sich ihre Mutter ausdrückte. »Ich erinnere mich noch gut an ihre Worte, denn diesmal war sie es, die diesen Mann verließ. Dabei hatte sie einen Sohn von ihm, meinen Halbbruder El Habib, der später, noch vor ihr, verschwand. Damals sagte sie zu mir: ›El Habibs Vater habe ich verlassen, weil ich mich nach fünf oder sechs Ehejahren nicht mehr mit ihm verstand. Du wirst vielleicht lachen, aber es ist die Wahrheit: Ich verstand mich ‚auf politischem Gebiet‘ nicht mehr mit ihm ...‹ Das hat sie zweimal wiederholt, in Französisch: *politiquement*, ›auf politischem Gebiet‹. Am 8. Mai 1945, einige Monate davor, hatte es einen Aufruhr im Gebiet von Constantine gegeben und danach diese schreckliche Repression: Die Armee, die Flotte und auch die französischen Siedler hatten tausende und tausende unserer Landsleute getötet. Dabei endete am gleichen Tag der Weltkrieg, bei dem so viele von unseren Leuten in Italien, Deutschland, im Elsass ihr Blut geopfert hatten, um Frankreich zu befreien. In unserer Gegend, der Mitidja, hatten wir einiges darüber gehört. Und ich höre noch genau ihre Worte: ›Da hilft alles nichts. In diesem Land gibt es zwei Lager; und er, der Mann, der mir so viel bedeutete, meinte, wir könnten uns raushalten ... Nach dem 8. Mai 1945!‹ – ›Das kann ich nicht!‹, hatte sie ihm gesagt. ›Entweder gehöre ich hierher oder dort hinüber.‹ Dann stand sie seufzend auf: ›Jammerschade!‹, und ich erinnere mich, sie hatte ein Foto dieses zweiten Ehemanns in einem Briefumschlag bei sich, das ihn in seiner französischen Uniform zeigte! Sie betrachtete das Foto ohne ein Wort. Später erfuhr ich, dass ihr Sohn, mein Halbbruder, es ihr gegeben hatte, als er, ihrem Beispiel folgend, für die Partisanen zu arbeiten begann ... Er war noch so jung, gerade zwanzig, als sie ihn verhafteten!«

Die Besucherin fragt nicht, auf welcher Seite der zweite Mann kämpfte, als der Unabhängigkeitskrieg begann. Vielleicht haben sie ihn auf einen Posten in der Sahara geschickt, wo es noch ruhig blieb, oder, wer weiß – um ihm die Versuchung zu ersparen, dass er sich mit den Brüdern solidarisierte –, vielleicht hatte man ihn auch nach Deutschland geschickt, wo die französische Armee zusammen mit den Alliierten das Land besetzte.

»Zoulikha nahm dann wieder ihre Arbeit bei der Post auf, statt aufs Land zurückzukehren. Da der Junge beim Vater aufwuchs, ließ sie mich nach Hadjout kommen, wo ich, wie sie früher, die französische Gemeindeschule besuchte. Jetzt war ich endgültig wie ihre Schwester! Als sie El Hadj kennen lernte, der so anders war als ihre beiden vorigen Männer, ein wenig jünger als sie, er sprach Arabisch, Berbersprache und nur ein paar Brocken Französisch, da heiratete sie erneut. Ich zog zu ihr in dieses Haus. Ich erinnere mich vor allem an Abende im Familienkreis: El Hadj brachte ihr französische Zeitungen mit und sie las sie ihm vor. Sie besprachen miteinander alle Themen, die unser Land betrafen.«

»An einige diese Abende erinnere ich mich auch«, wirft Mina mit ruhiger Stimme ein. »Du hast Recht, Habiba, meine Mutter hat alle drei Ehemänner geliebt, und jeden auf eigene Weise.«

Sie steht auf. Von der Tür aus sagt sie mit bebender Stimme: »Aber mein Vater hätte sie nicht verlassen! Der Tod hat ihn zuerst geholt!«

9

Zoulikhas letzte Nacht in Caesarea

Am nächsten Morgen scheint Mina ganz froh zu sein, die Besucherin mit dem Auto nach Algier bringen zu können. Der Beginn der Fahrt verläuft schweigsam, während die eine wieder in ihrem Innern hört, was Madame Lionne am Vorabend berichtet hatte.

Stimme von Madame Lionne

Zoulikha klopfte eines Tages an meine Tür, mit Hania, ihrer ältesten Tochter. Ich wusste damals noch nicht, dass Zoulikha schon seit einigen Tagen nicht mehr zu Hause wohnte, sondern mal hier, mal dort Unterschlupf suchte. Ich sah sofort, dass ihr Gesicht verändert war! Ich führte die beiden in einen der hinteren Räume.

Ich bekenne, damals legte ich gerade mit meinen spanischen Karten »Patiencen« für zwei Kundinnen. Als sie gegangen waren, kehrte ich zu Zoulikha und ihrer großen Tochter zurück. Ich erinnere mich, es war Ramadan. Zoulikha sagte zu mir: »Die Lage ist ernst ... Ich muss dir gestehen, ich finde im Moment kein Haus, wo ich bleiben könnte.«

Ich entgegnete sofort: »Das Haus, das du suchst, ist das meine. Um euch beiden zu zeigen, dass es mir ernst ist, gehen wir jetzt zusammen zum Notar. Ich übertrage das Haus als Schenkung an dich. Es gehört dir!«

Diese Worte kamen mir aus tiefstem Herzen. Sie dankte mir und meinte: »Erlaubst du auch, dass andere Leute mich besuchen, wenn ich hier bin?«

»Was du hier tun möchtest, das tue!«

An diesem Tag ging sie beruhigt wieder weg.

Einige Tage später kam sie zurück und sagte geradeheraus: »Könntest du Fatima Amich für mich rufen? Würdest du das bitte für mich tun?«

Ich ging zum Haus von Fatima Amich, ihrer Nachbarin, und brachte sie mit.

Zoulikha sagte dann zu mir: »Erlaubst du, dass Assia, die Tochter der Benjoucef, ebenfalls herkommt?«

»Wen du herbringen willst, den bring her!«, antwortete ich.

Sie gab dann Fatima Amich eine Reihe von Anweisungen, wo sie hingehen sollte. Ich ließ die beiden allein, damit sie ungestört reden konnten. Fatima verschwand; sie kam kurz darauf zurück, diesmal mit Assia. Beide waren natürlich verschleiert, sodass man sie nicht erkannte; im Übrigen war es ja nicht ungewöhnlich, dass bei mir Kundinnen ein- und ausgingen.

Während all der Zeit war mir aber bewusst, dass die Hausdurchsuchungen durch die Armee oder Polizei immer häufiger wurden. Ich hatte ein paar Ersparnisse im

Haus. In einem Winkel des kleinen Raums, den ich als Küche nutze, hatte ich ein Loch in den Boden gegraben und dort das Geld versteckt. Als ich bei den folgenden Besuchen sah, dass Fatima und Assia Zoulikha gesammeltes Geld brachten, öffnete ich vor den dreien mein Versteck. Ich nahm fünftausend Francs, um sie ihnen als meinen Beitrag zu geben.

Zoulikha lehnte es ab: »Von dir nehmen wir nichts! Lass uns weiterhin deine Tür offen stehen, das ist weit mehr wert als eine Geldspende!«

»Meine Tür ist die eure«, sagte ich wieder zu ihnen, und ich bestand darauf, dass mein Geld genauso behandelt wurde wie das der anderen.

An jenem Tag ging Fatima Amich einkaufen, was Zoulikha anschließend hinaufbringen sollte. Als Zoulikha mit mir allein war, gestand sie etwas beschämt:

»Es ist Fastenzeit und ich faste. Doch es ist mir unwohl, ich fühle mich schmutzig.«

Sogleich setzte ich mehrere Becken mit Wasser auf. Sie zog sich aus. Als Fatima zurückkam, half sie ihr, sich zu waschen. Mir fiel auf, dass ihre Kleider einen traurigen Eindruck machten. Ich gab ihr einiges von mir, wir hatten fast die gleiche Größe.

Sie zog sich erfreut um. Dann sagte sie: »Wenn ich oben angekommen bin, schicke ich dir die Kleider zurück!«

»Da musst du aufpassen«, erwiderte ich, »dann bin ich beleidigt! Schick sie mir bloß nicht zurück!«

Doch sie wusste genau, dass mein Herz friedfertig ist … Aber das weiß Gott allein und nicht immer die Menschen!

So begann Zoulikha ihre heimliche Arbeit in der Stadt. Zu Anfang kam sie einmal im Monat, um Fatima und Assia zu treffen. Die beiden gingen überallhin, in die reichen und in die sehr bescheidenen Häuser, sogar in die Schulen! Jedes Mal brachten sie ihre Ernte zu mir, und ich lagerte sie. Bald kam Zoulikha einmal pro Woche. (Schweigen ... Madame Lionne sinnierte, erinnerte sich, seufzte manchmal auf.) Natürlich möchte ich euch, meine Mädchen, diese Arbeit fleißiger Ameisen schildern. Das heißt nicht, dass es immer leicht war. Sogar diejenigen, die sich so sehr eingelassen hatten, bekamen manchmal Angst!

Einmal besuchte mich Fatima Amich, Zoulikhas Nachbarin. Zoulikha hatte an sie als Erste gedacht, als es darum ging, Unterstützerinnen zu werben. Fatima war nämlich lebhaft und hatte überall Freundinnen. Aber sogar Fatima kam eines Nachmittags, um mir Folgendes zu sagen. Sie hatte es sicher die ganze Nacht und den ganzen Morgen gewälzt:

»Zoulikha geht zwischen den Bergen und der Stadt hin und her. Manchmal versteckt sie sich, als Bäuerin verkleidet, bei ihrer Schwägerin Zohra Oudai ... Ich habe im Hammam gehört, dass ihr Schwiegervater, der sehr alt, aber noch ganz klar im Kopf ist, El Hadjs Vater, dass er das nicht gerne sieht. Er will nicht, dass sie so oft in die Stadt herunterkommt. Wenn also er, der doch zu ihrer Familie gehört, Angst hat, wie soll ich dann keine Angst haben?«

Ich musste sie beruhigen: »Das wichtigste ist, dass du dich nicht verrätst! Außerdem weiß der alte Schwiegervater gar nicht alles! Er weiß nicht, dass dort oben die Organisation sie beschützt.«

Eine andere der Frauen, ich will sie Kheira nennen – ihren Familiennamen sage ich nicht, denn sie suchte mich auch als Kundin auf – äußerte ebenfalls ihre Befürchtungen: »Die Frau, die zwischen der Stadt und den Bergen hin und her geht, sie wird uns alle ins Verderben stürzen! Sie wird es noch dazu bringen, dass sie die ganze Stadt in Ketten legt! Was glaubt ihr wohl, ihr alle in euren Häusern, meint ihr, Frankreich bleibt weiter blind und taub vor euren Umtrieben?« Während diese Dame sich so erregte, war sie gelb vor Angst!

Ich erwiderte ihr beherzt: »Obwohl das alles in meinem Haus passiert, habe ich selbst keine Angst!«

Aber mir blieb keine Wahl, ich musste diese Familienmütter auf alle Fälle beruhigen. »Ihr seht es doch selbst«, begann ich, nachdem ich zwei oder drei von ihnen versammelt hatte, »Zoulikha steigt als Bäuerin verkleidet herunter; ihre Papiere sind in Ordnung, sie ist wie eine von den vielen, die zum Markt herunterkommen, um ihre Kräuter und frische Eier zu verkaufen. Doch sie wird von Männern bewacht: Wenn sie bei mir eintrifft, stehen sie abwechselnd beim Hammam Wache. Sobald sie hinausgeht, werden zahlreiche Vorsichtsmaßnahmen getroffen, ein junger Bursche trägt ihr den Korb voraus. Aber trotz alledem«, so schloss ich, »wenn Gott der Allmächtige uns Prüfungen schickt, nun, dann müssen wir sie eben bestehen. Das ist alles! Begeben wir uns in Seine Hände, es geht um unsere Pflicht!«

Doch die ersten Monate trat keine besondere Prüfung ein ... Das Netzwerk der Frauen arbeitete normal.

Während Mina, auf halbem Weg zurück nach Algier, schweigend das Auto lenkt, scheint ihre Beifahrerin zu schlafen, in Wirklichkeit ist sie jedoch ganz erfüllt von den Berichten des Vorabends, die sie bei Madame Lionne selbst in Gang gesetzt hatte. Warum eigentlich hatte sie so große Eile an den Tag gelegt, abzureisen, zurückzufahren, warum gerade nach Algier (nein, die Frage war im Grunde eine andere: wohin zurückkehren?). Dabei hatte Madame Lionne am Vorabend mit dem ihr eigenen Schwung weitererzählt: Es kam nämlich bald der Tag, als Zoulikha nicht mehr durch die bewachte Stadtmauer hatte hinausgelangen können. In der Stadt, die regelmäßigen Kontrollen ausgesetzt war, gab es plötzlich kein Haus mehr, in dem sie ohne Gefahr schlafen konnte!

»Mina, du weißt doch alles über die Odyssee deiner Mutter. Kannst du Madame Lionnes letzten Bericht ergänzen? Ich muss die Ereignisse genau vor mir sehen, und zwar mindestens ebenso genau und so detailliert wie bei Lla Lbia! Könntest du mir dabei helfen?«

»Natürlich, ich kann es versuchen«, antwortet Mina sanft. Sie fragt sich nun selbst, warum diese Frau so eilig wegfahren will, wo sie doch offensichtlich von Zoulikhas Geschichte verfolgt wird? »Diese Nacht ...« Mina zögert. »Mir wird jetzt klar, dass es die Letzte war, die meine Mutter in der Stadt verbrachte!«

Überrascht stellt Mina fest, wie sehr sie es genießt, zu zweit das Echo von Ereignissen zu teilen, die vergessen schienen. Es ist wie ein Fieber. Seltsam, Madame Lionnes Beruf war es doch einst gewesen, die Zukunft vorauszusagen – sie zu erahnen, manchmal zu sehen, oder, wenn dies nicht möglich war, sie zu erfinden, sie aus Teilchen zusammenzusetzen – doch jetzt konnte niemand so gut wie sie die Vergangenheit heraufbeschwören! Die Vergangenheit in allen konkreten versteckten Einzelheiten.

Mina erinnert sich jetzt an die Nacht, in der die drei Saadoun-Söhne ermordet wurden, eine Nacht, die sie durch die Stimme, ja durch die Gestalt, die wendige, furchtlose Gestalt von Madame Lionne, zu erleben glaubt. Die Frauen der Stadt bilden dabei gewissermaßen einen Chor um Lla Lbia, der manchmal wirr durcheinander, manchmal entfernt klingt. Sie war in jener Nacht die Totenwäscherin gewesen und hatte daher weniger die Ereignisse als den Rhythmus in Erinnerung behalten (vielleicht hatte das Wasser, das sie ausgießen musste, ihren Schmerz gedämpft, wie eine letzte Liebkosung, die sie den jungen hingerichteten Körpern zukommen ließ, vielleicht hatten ihn auch die Liturgie und die dazugehörigen Gebete gelindert). Sie erinnert sich wie in einem Rhythmus zu einem Tanz, der sich zwischen dem Mut der einen und der Ratlosigkeit der anderen, zwischen zitternder Angst und Vorsicht oder Feigheit bewegte. Sie sieht diese Episoden aus der Geschichte der Stadt an jedem Morgen wirklich vor sich, in ihren »Meditationen« vor dem Gebet. Sie durchlebt diese Zeit wieder in allen Einzelheiten, mit ihrer Musik, in ihrer realen Dauer und aus mehreren Blickwinkeln: von den Innenhöfen aus, wo die Frauen warteten, wachten, Angst hatten, oder sich plötzlich hinausschlichen. Dann wieder sieht sie die Straße, die Plätze, die Märkte, mit den erstarrten Schatten – die hier fast alle männlich sind – vergessliche Zeugen. Die Besucherin, die so spät in die Stadt ihrer Kindheit zurückgekehrt ist, wird ihnen vorwerfen, sie stünden alle unter einer Betäubung.

Madame Lionne jedoch wirft niemandem etwas vor: Sie überschreitet die Zeiten, sie ist reines Gedächtnis.

Ich träume davon, denkt Mina, während sie das Auto lenkt, wie ein kleines Mädchen auf den Knien der alten Dame zusammengekauert zu sitzen, ihr zuzuhören und alles neu zu durchleben … Letzthin, das weiß ich noch, bei den Erinnerungen an die Nacht der Saadoun-Söhne, hat es genügt, dass der Gesang der jungen, halb erblindeten Nachbarin erklang …

»Diese letzte Nacht«, beginnt ihre Freundin neben ihr wieder, als Stimme im Schatten der Stimme von Lla Lbia, »die letzte Nacht von Zoulikha in Caesarea war turbulent! Wir könnten …« Plötzlich befürchtet sie, dass Mina, die neben ihr das Lenkrad umklammert, sich wie zuvor bei Hania wegen der Übermacht der Gefühle zurückziehen könnte. »Darf ich zu jenem letzten Bericht von Lla Lbia zurückkehren und ihn vor uns ablaufen lassen wie ein Drehbuch, kurz, rasch, konzentriert? Geht das für dich?«

»Selbstverständlich«, antwortet Mina ruhig, die Augen geradeaus auf die Straße gerichtet, die an dieser Stelle sehr belebt ist.

»Ich fange also an: Der Nachmittag ist fast zu Ende, die Szene beginnt bei Madame Lionne, sie hat sechs Fahnen genäht, die später für das unabhängige Algerien verwendet werden, es ist das Jahr 57 (noch vier bis fünf Kriegsjahre!).«

»Genäht, zusammengefaltet und ganz unten in den Korb gelegt«, ergänzt Mina, mit einem gerührten Lächeln beim Gedanken an Madame Lionne und ihre Fahnen.

»Zoulikha, als Bäuerin verkleidet, ist bei ihr, im Winkel von Lla Lbias Küche, die hier in einem Loch versteckt, was später in die Berge gebracht werden soll: Geld, Medikamente ...

»Und diesmal die sechs von Lla Lbia persönlich genähten Fahnen!«

»Zoulikha scheint darüber gelacht zu haben, sie rief aus, ich denke, es war zärtlich gemeint: ›Wie viele Schätze Lla Lbia hier versteckt hat!‹ Über die Fahnen kommen die Medikamente, darüber das Gemüse, verschiedene Sorten in großen Bündeln. Was die Bäuerin auf dem Markt nicht verkaufen konnte!«

»Noch etwas ...« Offenbar bereitet Mina das Erinnern wirklich Spaß, wie einem Kind. »Madame Lionne hat berichtet, außer dem Gemüse habe sie noch Zimtbrote darauf gelegt, ganz frisch, noch fast heiß! Das schickte sie manchmal hinauf als eine Leckerei, als besondere Gabe für ›unsere Helden‹«, sagt sie lachend.

»Danach«, fährt die Erzählerin fort, »sehe ich alles wie in einem Stummfilm ablaufen, in dem allmählich die Spannung steigt. Ich fasse also zusammen: Während die alte Bäuerin mit einem groben Schleier aus verschmutzter Wolle über Kopf und Schultern sich von der römischen Arena entfernt, lässt ihr Führer, der von der Straßenecke am Hammam beobachtet hat, wie sie das Haus verließ, sie mit ihrem schweren Korb beladen an sich vorbeigehen. Sie läuft mit schnellen Schritten zum östlichen Haupttor der Stadt. Doch an einer Biegung beim Graben bleibt die Bäuerin stehen, als sei sie erschöpft: Der Korb ist zu schwer. Der Bauernbursche, ihr Führer, kommt direkt hinter ihr. Als er sie erreicht, bückt er sich, schaut sich kurz um, ob der Pfad menschenleer ist, nimmt dann den Korb selbst auf. Er geht voraus, vor der Bäuerin, die jetzt nur noch ein leichtes Körbchen mit Eiern trägt. Jetzt lastet auf ihm das ganze Risiko bei der Kontrolle am Tor; seine Papiere sind in Ordnung. Vier oder fünf Schritte hinter ihm geht die Bäuerin, ebenfalls mit gültigen Papieren.«

»So hatte meine Mutter das Tor zehn oder auch zwanzigmal ohne Schwierigkeiten passiert. Die Straße ist laut, da sind Soldaten, aber zwischen den Hauptfiguren wird nicht gesprochen! Beide haben einige Minuten lang Herzklopfen, wenn sich durch das Tor gehen.«

Mina sinniert einen Moment: Die berühmte Mauer, die Caesarea umgab und nach der Einnahme der Stadt durch die französische Armee im Jahr 1841 stehen blieb, wurde bei der Unabhängigkeit zerstört. »Aber das Tor, das meine

Mutter als Bäuerin verkleidet so häufig mit Herzklopfen passierte, steht noch. Ich nenne es immer Zoulikha-Tor.«

»An jenem Abend«, fährt die Erzählerin fort, »oblag die Kontrolle senegalesischen Soldaten. Zoulikha sieht von hinten Folgendes: Ohne großes Federlesen wird ihrem Führer der Korb weggenommen, aber nicht durchsucht. Dann wird er zu einer Gruppe anderer junger Männer – vom Land und aus der Stadt – geführt. Alle zusammen werden zu einer Baracke in der Nähe gezerrt und eingesperrt! Befehle, Schreie, ein Ruf. Zoulikha hört nur Stimmengewirr.«

»Sie kehrt um. Ihr junger Wächter ist verhaftet, dazu mit diesem Korb! Noch eine Stunde, dann werden die Tore im Osten wie im Westen geschlossen und es gibt kein Entrinnen aus der Stadt.«

»Kann ich fortfahren?«, fragt die Erzählerin vorsichtig.

»Ich bin wie die Kinder«, bemerkt Mina erstaunt über sich selbst. »Die Lust ist größer, wenn man eine Geschichte hört, von der man schon alles im Voraus weiß!«

Da fällt ihrer Freundin ein Gedanke ein, den sie jedoch für sich behält: Wenn die Geschichte das erste Mal erzählt wird, befriedigt das die Neugier, die anderen Male wirkt es … befreiend!

Und sie fährt fort: »An diesen besonderen Tagen, wenn Zoulikha in die Stadt kommt, verlässt Madame Lionne nicht das Haus. Ihr Adoptivsohn steht ebenfalls bereit. Die Regel ist, dass Zoulikhas Wächter nur den Sohn verständigt, worauf dieser Lla Lbia berichtet, »dass alles ruhig ist«, das heißt, dass Zoulikha die Kontrolle ohne Probleme passiert hat. Beruhigt kann dann Madame Lionne ihren Abend wie gewohnt verbringen: Gebet, Abendessen, abendliche Meditation.

Doch an jenem Tag kommt die Bäuerin ohne ihren Korb zurück. Zoulikha erzählt, was sie von weitem gesehen hat: Sie macht sich Sorgen wegen des Korbs, diesmal erlauben die ganz unten liegenden Fahnen keinerlei Ausflüchte. Der junge Mann wird gefoltert und diese Nacht werden die Häuser noch genauer durchsucht werden. »Ich brauche ein Haus für die Nacht!«

Ihre älteste Tochter Hania, die sich mit ihrer Schwester und ihrem Bruder gerade in Caesarea aufhält, wird von Lla Lbia sofort benachrichtigt, sie trifft ein, den Schleier auf dem Kopf. Sie umarmt ihre Mutter; dann verzagt sie und beginnt zu weinen.«

Lebhaft unterbricht Mina: »Lass mich weitererzählen, ich habe diese Szene so und so oft gehört, in der Fassung meiner Schwester. Ich stelle mir sie auch so vor und liebe diesen Moment – vielleicht weil mir meine Schwester Hania oft genauso stark vorkommt wie meine Mutter. Aber diesmal verließ sie der Mut. Wenn sie es erzählt, schämt sie sich nicht deswegen und ich liebe sie wirklich so, in ihrer großen Angst.«

Mina parkt das Auto auf einem freien Gelände, stellt den Motor ab, ihre Augen beginnen zu glänzen. »Hania weint und ringt die Hände: Was wird in dieser Nacht aus ihrer Mutter werden? Jedes Haus im arabischen Viertel wird streng durchgezählt: Die Soldaten stellen in jedem Haus die Identität der Familienmitglieder fest, die alle vor

Beginn der Ausgangssperre heimgekehrt sind. Danach wird ein rotes Kontrollzeichen angebracht. Hania geht all das in diesem Moment durch den Kopf: Welche befreundete oder politisch aktive Familie würde jetzt das Risiko eingehen, Zoulikha aufzunehmen, wo doch ihr Steckbrief überall bekannt war? Aber Madame Lionne nimmt Hania in die Arme, beschwichtigt und tröstet sie, fast lachend: ›Zoulikha wird hier schlafen, mein Haus ist ihr Haus, was auch geschieht! Wenn wir leben, werden wir alle überleben! Wenn wir sterben müssen, sterben wir alle!‹ Aber meine Mutter lehnte ab: ›Dein Haus ist noch nie kontrolliert worden. Ich kann es nicht annehmen; du und dein Sohn müssen weiter für unsere Sache arbeiten! Wenn es keine andere Lösung gib, schlafe ich am liebsten zu Hause, bei meinen Kindern! Sie werden mich verhaften, aber den Kleinen können sie nichts anhaben.‹«

Die Besucherin übernimmt jetzt die Erzählung, die abwechselnd von der Angst und der Suche nach einer Unterkunft handelt: »Madame Lionne wird jetzt zur Botin. Sie fordert Zoulikha und ihre Tochter Hania auf, sich nicht aus ihrem Haus wegzurühren. Sie weiß, welche von den Familien wirklich nationalistisch denken. Sie hat selbst eine Art politische Gruppe ins Leben gerufen, mit einigen Damen der Stadt. Manche hatten bereits zu der Bäuerin Zoulikha Verbindung aufgenommen.

Lla Lbia geht zuerst zu einer der aktivsten; ihr Haus ist bestimmt schon kontrolliert worden, zu Aouicha. Diese öffnet Lla Lbia fast fröhlich die Tür. Sie glaubt, die alte Dame wollte ihr, wenn auch spät, eine Versammlung für den nächsten Tag ankündigen. Sie scheint allmählich Gefallen an diesen Parolen und an dieser Begeisterung zu finden: Es war wohl eine Abwechslung von ihrer sonstigen Untätigkeit! Aber sobald sie hört, in welcher Lage sich Zoulikha befindet, und obwohl in ihrer Straße all die schönen Bürgerhäuser bereits ihr rotes Zeichen aufweisen, wird sie von Angst befallen. Madame Lionne hatte nur leise gesagt: ›Eine gewisse Frau, du weißt schon ... Sie muss irgendwo übernachten, aber mein Haus ist noch nicht gezählt worden!‹ Die Frau schüttelt wortlos den Kopf und schließt sofort die Tür. Natürlich, so fügt die Erzählerin hinzu, man kann das verstehen. Vielleicht hat sie ihrem edlen Gemahl von ihrer eigenen Tätigkeit bisher nichts gesagt! Aber sie gehören zu einer wohlhabenden Familie: Aouicha hätte Zoulikha in irgendeiner Mansarde oder einer Scheune unterbringen können, ohne dass die Männer des Hauses etwas davon erfahren hätten. Oder sie hätte Theater spielen können: Das ist eine arme Frau, eine umherziehende Bäuerin, eine Bettlerin. Sie hätte sie nur einlassen müssen, um ihr etwas zu Essen zu geben, aus islamischer Nächstenliebe, und dann hätte sie ihr ein Schaffell in eine Ecke gelegt, damit sie eine Nacht ruhig schlafen konnte; am nächsten Morgen wäre Zoulikha beim ersten Lichtstrahl aufgebrochen ...

Die erste der Damen hatte also abgelehnt. Man muss sich ihre Gewissensbisse vorstellen und sie fast entschuldigen. Nachdem sie vor Madame Lionne die Tür zugeschlagen hat, lehnt sie mit dem Rücken am dicken Holz, versucht, ihren Schrecken zu meistern, wieder normal zu

atmen, vielleicht auch die Scham zu überspielen, die aufsteigt nach dem Schreck.«

»Da komme ich, wenn du gestattest«, sagt Mina, am
Lenkrad, »zur zweiten Frau, die gefragt wird! Diese Anekdote hat mir meine Schwester fast theatralisch erzählt,
obwohl ich damals bei der Unabhängigkeit erst fünfzehn
war. Denn all diese Familien feierten den Sieg mit großem
Aufwand, und ihre Männer, die Gatten und Söhne, hielten
besonders großsprecherische Reden.

Die gefährliche Nacht kam näher, Madame klopfte
hastig an eine zweite Tür. Ein kleiner Junge öffnete. ›Geh
und ruf deine Mutter, aber nur deine Mutter! Und sag ihr,
dass ich es bin!‹ Die Hausherrin kommt die Treppe vom
ersten Stock mit seinen schönen Terrassen herab. ›Mach
kein Licht in der Vorhalle‹, sagt Madame Lionne leise.
Dann spricht sie wieder die gleiche Formel: ›Eine Frau, du
weißt schon wer, hat keine Unterkunft für die Nacht! Ihr
seid schon kontrolliert worden. Ich noch nicht!‹

Die Dame ließ die Besucherin nicht einmal aussprechen. Sie schüttelte schweigend, unzweideutig und mit
Nachdruck den Kopf.

Dann empfand sie ein Bedürfnis, ihre schnelle Entscheidung mit einem Sprichwort zu rechtfertigen. Sie war
gewiss gebildet, eitel, stolz auf ihre Sprache, auf ihre ara-
bische Kultur und ihre andalusischen Vorfahren … Daher
hatte sie sogleich ein Sprichwort parat. Sie deklamierte
also, in der dunklen Vorhalle und ungeachtet der Notsi-
tuation:

›Der Scham empfindet über das was ihn schmerzt
Beweist damit nur, dass was ihn schmerzt
Vom Teufel zu ihm kommt!‹«

»Weißt du«, bemerkt Mina lebhaft, »ich kenne dieses
Sprichwort auf Arabisch. Lla Lbia, die nach ihrer Rückkehr von diesen beiden Ablehnungen berichten musste,
wiederholte das Sprichwort der kultivierten Dame. Offenbar erregte es Zoulikhas Neugier. Ich erinnere daran, dass
meine Mutter, im Gegensatz zu meinem Vater, gut im Französischen war, aber nicht so sehr im Hocharabischen.
Madame Lionne sprach langsam das Sprichwort in Arabisch, meine Schwester Hania übersetzte es ihr ins Französische, und trotz der Umstände holte meine Mutter tatsächlich ihren Bleistift heraus, ein Stück Papier und schrieb
es auf ... für später!

Ein unglaublicher Moment, verstehst du? Alle sind voller Angst, und sie bemüht sich, ein Sprichwort zu lernen,
das sie noch nicht kennt! Es wird ihr später helfen, die
Heuchelei bei den Leuten zu erkennen, die sich etwas
gebildeter vorkommen als die anderen.

Aber sie notiert das Sprichwort auf Französisch und
auf Arabisch, nicht wahr? Wie immer kann man es sich im
Arabischen, mit dem Spiel der Alliterationen und dem
Reim besser merken, es wirkt außerdem geistreicher! Ich
denke, Zoulikha hat es aufgeschrieben, um es auswendig
zu lernen und besser darüber nachdenken zu können ...
Ich meine, über die Vorwände, die sich die menschliche
Heuchelei zu ihrer Rechtfertigung sucht.«

»Da entsinnt sich Madame Lionne«, fährt ihre Begleiterin fort, »sicher wegen dieser Atempause, aber kaltblü-
tig wie immer, eines jungen Mannes, der die Situation ret-
ten könnte. Zuerst lässt sie durch einen kleinen Jungen
auf der Straße ihren Sohn Ali herbeirufen. Sie erläutert
ihm: ›Ich muss unbedingt Omar sprechen, hoffentlich ist
er vom Fischen zurück! Du redest mit ihm unter vier
Augen und sagst Folgendes: ‚Meine Mutter ruft dich,
komm auf der Stelle, um dir unsere Fahne anzusehen.‘‹
Das sagte sie, um seinen Eifer anzustacheln, da sie diesen
Omar gut kannte. Die beiden jungen Männer kamen kurz
darauf ›leichtfüßig wie Vollblüter‹ – genau in diesen Worten erzählte es Lla Lbia.

Sie führte die beiden in einen abgesonderten Raum.
Offenbar waren in der Zwischenzeit zwei oder drei aktive
Bürgerinnen eingetroffen, um sich nach Zoulikha zu
erkundigen. Sie scharten sich wohl im anderen Zimmer
um sie, aber sie waren außer sich vor Angst. Ihre Häuser
waren noch nicht kontrolliert worden; sie konnten nichts
unternehmen außer Mut zusprechen, aber, das war sicher,
sie sahen Zoulikha schon verhaftet und sich selbst im
Gefängnis. Als Lla Lbia diese Szene gestern wachrief,
sagte sie: ›Vor ihnen und ihrer Panik wurde mein Herz
hart wie Stein!‹

In dem anderen Raum wartete der junge Omar auf Lla
Lbia. Sie breitet vor ihm die siebte Fahne aus, die sie genäht und aufbewahrt hatte, um ihr Haus zu beschützen.
Omar hatte die Fahne noch nie mit eigenen Augen gesehen, für die, wie Madame Lionne ihm sagte, so viele unse-

rer Männer in den Bergen starben! Manchmal, wenn es möglich war (aber sie gestand mir später, dass sie es sich nur ausgedacht hatte, Gott möge es mir verzeihen, meinte sie dazu), wurde der tapfere Leib eines auf dem Schlachtfeld Gefallenen in diese Fahne gehüllt! Das ersparte ihnen alle anderen religiösen Verpflichtungen der Beerdigung! Bewegt küsste Omar die Fahne. An Ali gewandt, rief er aus: ›Ihr habt hier also eine richtige Organisation!‹

Da erklärte ihm Madame Lionne sehr ernst: ›Omar, ich brauche dich heute Abend, ich möchte dir etwas anvertrauen, was mir kostbarer ist als mein Leben!‹ Er antwortete mit Feuereifer: ›Dann gib es mir! Ich werde es in Ehren halten!‹ Er glaubte im ersten Augenblick, es ginge um wichtige Papiere oder eine Geldsumme ... Sie erläuterte ihm: ›Es handelt sich um eine Frau, die du eine Nacht beherbergen sollst!‹

Madame Lionne ging, um Zoulikha zu holen, die sich im Nebenraum befand. Als die Damen der Stadt sahen, was sie vorhatte, verfielen sie in Wehklagen: ›Seht, Lla Lbia wendet sich an einen einfachen Hirten, damit er heute Nacht die ganze Stadt ins Verderben stürzt!‹ Wortlos verließ sie mit Zoulikha den Raum.

›Ich kenne diesen jungen Mann, als wäre er mein Sohn! Sein Herz ist rein!‹, so machte sie Zoulikha mit Omar bekannt.

Zoulikha grüßte ihn.

›Weißt du, Omar, wer diese Frau ist?‹, fragte Lla Lbia.

›Nein, ich erkenne sie nicht.‹

›Es ist die Witwe von El Hadj, der als Märtyrer starb.

Zoulikha wird gesucht, kannst du sie diese Nacht bei euch unterbringen?‹

›Mit Freuden‹, erwiderte er, immer noch bewegt. ›Uns wird ihre Gegenwart eine Ehre sein! Ich gehe nur meiner Mutter Bescheid sagen.‹

Er wohnte mit seiner Mutter beim Strand von Tizirine. Madame Lionne wusste auch, dass sie in dem kleinen Mietshaus einen recht bekannten französischen Hauptmann zum Nachbarn hatten. Deshalb brauchten sie keine nächtlichen Kontrollen in ihrer Wohnung zu fürchten. Omar ging fort mit dem Versprechen, innerhalb einer Stunde wieder zurück zu sein.

Die Hausherrin atmete auf. Jetzt wollte sie den anwesenden Damen beweisen, dass sie noch nicht vergessen hatte, was sich gehörte. Sie machte sich eilig daran, eine große Schüssel Makkaroni zuzubereiten, mit harten Eiern, frischen grünen Erbsen und viel Butter. Eine Viertelstunde später stellte sie die große Schüssel auf den niedrigen Tisch und lud alle ein, sich um ihn zu versammeln wie zu einem Fest.

Omar kam schneller als erwartet. Zoulikha legte ihren Bäuerinnenschleier an. Hastig warf auch Madame Lionne den ihren um, da sie Zoulikha begleiten und es Hania überlassen wollte, die Damen zu bewirten. Aber Zoulikha beschwor Lla Lbia beim Namen des Propheten und Lalla Khadidja, seiner Gemahlin, dass sie sich endlich ausruhen sollte. Ali begleitete sie einen Teil des Wegs mit dem Fahrrad. Er kam recht bald wieder, um seine Mutter und die anderen zu beruhigen.«

»Das Ende dieses ereignisreichen Tages kenne ich natürlich«, unterbricht Mina heiter. »Ach, wenn die Geschichte meiner Mutter an diesem Punkt stehen geblieben wäre! ...« Sie sinniert, wehrt sich gegen die Traurigkeit. »Meine Mutter verbrachte diese Nacht in völliger Sicherheit bei dieser Familie. Weil der französische Hauptmann, der übrigens recht beliebt war, in der Nachbarschaft wohnte, gab es keine Kontrollen. Am nächsten Morgen kehrte meine Mutter, immer noch als Bäuerin verkleidet, zu Madame Lionne zurück, denn sie sorgte sich um ihren Führer vom Vorabend. Aber sogar dies hatte einen guten Ausgang genommen: Die zur Kontrolle eingeteilten Senegalesen hatten Zoulikhas Beschützer zusammen mit zehn zufällig vorbeikommenden Jugendlichen verhaftet. Die jungen Leute wurden nicht einmal durchsucht, sondern den ganzen frühen Abend bis spät in die Nacht zu Zwangsarbeit herangezogen. Sie erhielten die Aufgabe, ein kleines verlassenes Siedlerhaus in einen Militärposten umzuwandeln. Am nächsten Morgen ließ die Armee die jungen Leute frei, und, das ist unglaublich, sie dachten nicht einmal daran, den Korb zu durchsuchen. Zoulikhas Bewacher nahm wieder Verbindung zu Madame Lionnes Sohn auf und Zoulikha verließ die Stadt am helllichten Tag, ohne Zwischenfall.«

10

Zoulikhas dritter Monolog

Als ich am Tag meines Schulabschlusses (an der französischen Schule natürlich) zu unserem Hof heimkehrte, war mein Vater sehr stolz und erzählte überall: »Meine Tochter ist die erste Araberin, die hier in der Gegend das *Certificat d'études* bestanden hat, vielleicht sogar im ganzen Bezirk!« Ich erinnere mich, an jenem Tag hüpfte ich auf dem Weg, der den Hügel hinaufführte. Es war wunderbares Wetter, ich sehe noch das Licht am Ende dieses Junitages.

Mein Vater hatte meinen Buchpreis mitgenommen, um ihn seinen Freunden, den kabylischen Ladenbesitzern im Dorf, zu zeigen. Ich trug neue Schuhe, ich war dreizehneinhalb Jahre alt; doch ich sah wohl aus wie sechzehn. Plötzlich kam mir ein Bauer, mit der Schaufel über der Schulter und einem großen Strohhut auf dem weißhaarigen Kopf, so rasch entgegen, dass er mich beinahe gestreift hätte. Mit einem abschätzigen Blick starrte er mich an, er blieb nicht stehen, ging höchstens etwas langsamer, dann spuckte er demonstrativ an den Straßenrand und grummelte zwischen den Zähnen: »Die Chaieb-Tochter, als *roumia* verkleidet!«

Während er weiterging, spuckte er nochmals aus. Und um seine Verachtung noch zu unterstreichen, wechselte er die Straßenseite und setzte seinen Weg auf der anderen fort. Erschrocken über die schroffe Beleidigung war ich stehen geblieben. Ich muss wie erstarrt gewesen sein, aber in meinem Widerspruchsgeist fühlte ich mich zugleich geradezu glücklich. Ich sagte mir in diesem Moment: Es ist wahr, ich bin »verkleidet«. Aber weil es so viel Kraft kostete, den Siedlern und ihren Frauen die Stirn zu bieten, mich gegenüber ihren Töchtern stolz zu zeigen, ihre Söhne zu beschimpfen, wenn sie sich mir zu nähern versuchten, weil sie vielleicht sogar dachten, mir damit eine Ehre zu erweisen, wegen alledem hatte ich das Wichtigste vergessen. Im Vergleich zu meinen Leuten, den Bauern, die »Eingeborene« genannt wurden, ihren Frauen, die in den Hütten vergraben lebten, ihren Töchtern, die nicht in die Schule gehen durften, war es doch ein Glück, »verkleidet« zu erscheinen.

Ich nahm allein, mit meinen neuen Schuhen hüpfend, den Weg wieder auf. »Verkleidet! ... Verkleidet!«

Siehst du, meine Tochter, mein kleines Mädchen, das war meine erste Freude: nicht die Auflehnung gegen die anderen, denen ich die Stirn bieten wollte – die Auflehnung führt eher zu etwas wie einem Rausch. Nein, es war eine echte Freude, ein Beben meines ganzen Körpers, meiner Muskeln, meiner Beine, die ein klein wenig unter dem karierten Faltenrock herausschauten (ich erinnere mich noch, mit welchem Stolz ich meinen ersten »Schottenrock« trug!). Ich hüpfte also, in Wahrheit ein zu schnell gewachsenes Mädchen, oder eine junge Dame, es war mir einerlei. So erreichte ich die Spitze des Hügels, an der Stelle, wo der Rundblick über die gesamte Mitidja am weitesten ist. Hier schöpfte ich jeden Morgen Atem, wenn ich so zu Fuß zur Schule ging, damals schon überwältigt von der Schönheit unserer Landschaft.

Das Bauernhaus meines Vaters schmiegte sich in eine Mulde, mitten in einem Orangenhain, dessen Pflege sein ganzer Stolz war. Er war der einzige Araber in der Gegend, der seine Orangenbäume und darum herum fast das ganze Land seiner Vorfahren behalten hatte!

»Als Christin verkleidet!«, so hatte der Bauer mich beleidigen wollen – sein Auftreten war stolz gewesen, aber vielleicht war er auch nur ein einfacher Straßenvagabund – der offenbar meinen Vater kannte. Danach sah ich ihn nie mehr wieder. Doch an jenem Tag fühlte ich mich, als hätte er mir eine Krone aufgesetzt! Habe ich damals gleich verstanden, warum?

Heute, so viele Jahre danach, halte ich einen Monolog über der Stadt, ich suche dich, ich schleiche mich sachte und vorsichtig in deinen Schlaf ein – eine Tote, aufgelöst im Raum, über den Wassern, die keinen Leichnam hinterlassen hat. Meine Rede gerät mir fast zu einem Loblied, durch diese unverhofften Erinnerungen aus meiner frühen Jugend. Du hattest beinah das gleiche Alter, als die innere Betäubung dich ergriff, bei der Nachricht meines Verschwindens …

Ich möchte dir auch von der Zeit berichten, nachdem ich beschlossen hatte, in Blida, einer etwas entfernteren Stadt, zu arbeiten, man nannte sie auch die »Stadt der

Rosen« – wie mein Körper sich leicht anfühlte, wenn ich mich durch die Gässchen zur Hauptpost, einem rokoko-artigen Bau, begab.

Ich hatte mein Kind in der Obhut der Frauen in der Familie meines Vaters gelassen. Ich konnte mich nun frei im Raum der damaligen Herren bewegen. Obwohl ich etwas über zwanzig und geschieden war, fühlte ich mich ganz neu und dabei schon gefestigt durch diesen Stolz, der mich einhüllte und mich tatsächlich noch unsichtbarer machte als der traditionelle Schleier – gleich, ob von den Bäuerinnen meiner Ebene oder aus dem sittenstrengen Caesarea.

Ich hatte beschlossen, bei der Post zu arbeiten und allein zu leben, mein Vater verlangte aber von mir, dass ich jedes Wochenende mit dem Autobus bis nach Hadjout fuhr und dann weiter, hinauf zum Bauernhof.

Sogar wenn ich aus dem Bus stieg und er mich mit sei-ner Kutsche abholte, um mich zur Familie zu bringen, dachte ich kein einziges Mal daran, »mich zu verhüllen«. In der Mitte des Dorfes war das Café der Europäer am Samstagmorgen brechend voll. Die Apotheke auf der anderen Seite des Gehwegs war ebenfalls gut besucht, hauptsächlich von Familienmüttern mit ihren Kindern, die gerade aus der Grundschule kamen. Ich überquerte mit hoch erhobenem Kopf den Hauptplatz, an dem sie sich abends zum Tanzen trafen, zumindest während des Sommers. Wieder schien ich in ihren Augen »verkleidet« zu sein: eine Postangestellte, die europäisch wirkte, trotz meiner roten Haare, die ich mit scharlachrotem Henna zu färben begann. So gab ich gerade in diesem Siedlerstädtchen zu verstehen, dass ich ohne jeden Zweifel als Araberin auftreten wollte, die außer Haus arbeitete und keinen Schleier trug!

Warum erinnere ich mich jetzt an diese Kleinigkeiten, wenn ich so lange Zeit später zu dir spreche? Sollte ich nicht eher mit dir jene Abende und Nächte in der Höhle wieder aufleben lassen, als du zu mir gekommen bist, zu unserer letzten gemeinsamen Woche? In jenen Tagen war ich so glücklich darüber, dich wie durch ein Wunder bei mir zu haben, dich, meine kleine Tochter. Wegen meiner großen Angst davor, dass du die herannahende Pubertät ohne mich würdest verbringen müssen, dachte ich aber nicht daran, dir das Hochgefühl zu schildern, das alle fünf oder zehn Jahre meinen Körper und meine Seele freudig und staunend von einer Erfahrung zur nächsten getragen hatte.

Was ich dir enthülle, was ich dir im Dunkel schildere, soll dich auf deinem Weg begleiten. Ich stieg also aus dem Bus, meine Haare mit Henna leuchtend rot gefärbt und nach hinten gebunden, mein Rock recht lang, obwohl die Mode die Röcke der Europäerinnen gerade gekürzt hatte. So hielt ich, den Kopf stolz erhoben, den Blicken stand: den Blicken der Europäer und ihrer Söhne, die ich als Schulkameraden gekannt hatte. Sie hätten meine Verehrer sein können, hatten sich aber schnell wieder für ihr Lager entschieden. Blicke auch von Freunden meines Vaters, die nicht umhin konnten, die ganze Zeit während ich vorüberging, ihr Dominospiel zu unterbrechen …

Bis dann das Auge der unbekannten, verschleierten Frau – ein einziges, gieriges Auge, mir ins Gesicht stach wie mit Nadeln. Sie stieß mich eines Tages an, als mein Vater später eintraf, und beleidigte mich. »Schämst du dich nicht vor Gott!«, schimpfte die Fanatikerin.

Ich lachte schrill. »Wer könnte sagen, auf wen eines Tages die Schande fällt!«, erwiderte ich, glücklich, die scharfen Widerworte in unserem gemeinsamen Dialekt gefunden zu haben.

Ich erinnere mich, vor dieser unerwarteten Feindseligkeit fühlte ich mich plötzlich gealtert – wie gebeugt unter einer von den anderen aufgebürdeten Last? Als wenn all die unsichtbaren Frauen, auch die hinter ihren geschlossenen Vorhängen, die sich nicht vorwagten wie diese, wahrscheinlich ein Dienstmädchen, das gegenüber meiner kühnen Jugend zu ihrer Sprecherin wurde, als ob all diese Frauen mir sagten: »Warum bist gerade du, als Einzige, der Sonne ausgesetzt, unverhüllt, den Blicken ausgeliefert?«

Dich, mein Mädchen, das so jung eine Waise werden sollte, sehe ich heute, wie du dich mit deiner neuen Freundin durch Caesarea bewegst, sogar bis zum Heiligtum am östlichen Ausgang der Stadt. Ihr geht endlich wie die vielen anderen, plötzlich so zahlreichen Frauen auf der Straße, in der Sonne! Und wenn es auch jener Fanatikerin nicht gefallen mag, die mich damals herausforderte, mit zusammengebissenen Zähnen unter einem schmutzigweißen Schleier, mit ihrem einzigen, vorwurfsvollen Auge: Ihr geht endlich ebenfalls »nackt« (im Arabischen muss man dieses Wort stets in der weiblichen Form verwenden, um das Ungehörige, wie auch die Ungerechtigkeit der Übertreibung ein wenig abzuschwächen). Ich glaube sogar, unlängst ist ein junges Mädchen mit einem Fahrrad zum Lycée gefahren und hat mit dieser Kleinigkeit erneut einen Skandal in der Stadt ausgelöst!

»Unsere Stadt«, sollte ich sagen, mein Kind. Denn nachdem ich deinen Vater kennen gelernt hatte, fühlte ich mich nach und nach als eine Frau aus Caesarea. Ich ließ mich in dieser antiken Stadt nieder und glaubte zum ersten Mal von Herzen an die Zukunft.

Ich zog gleich in sein altes, einfaches Haus; jetzt ist es dein Haus. Davor hatte ich einen Mann in einer französischen Uniform so sehr geliebt – er war stolz und unerbittlich, wohl ein echter Soldat. Ich hatte mich über mehrere Jahre in endlosen Diskussionen mit ihm aufgerieben. Ich fand ihn schön, bis zum Schluss klopfte mir das Herz, wenn ich ihn sah, die Trennung von ihm tat mir weh. Die Geschehnisse vom Mai 1945, als Aufstände von der Kolonialmacht blutig unterdrückt wurden, waren für alle schwer zu ertragen. Uns beide hat diese Last erdrückt, in unserem Zwist von Anfang an. Ich überließ ihm meinen Jungen, er kam zehn Jahre später zu mir zurück, leider zu seinem Unglück, wie du weißt.

Deinen Vater traf ich durch Zufall: Er hatte das Auftreten eines Bauern, wie mein eigener Vater, er war ein Pferdehändler, der kaum ein paar Brocken Französisch sprach … Jemanden kennen zu lernen, der mich bewunderte, mich

»Lalla«, Prinzessin, nannte, das war für mich nach all dem Schmerz und den Kämpfen wie eine warme Decke, in die er mich für immer einhüllte.

Was soll ich dir sagen, was für dich neu durchleben, mit El Hadj, so nannte ich ihn immer: Dank seiner Liebe und seiner tiefen Güte, seiner schamhaften und edlen Gesinnung, erschien ich in seinen Augen nie verkleidet, eingesperrt oder geschminkt ... Ich selbst hatte den Eindruck, fruchtbar zu werden und mit einem Mal stumm! Ich suchte nicht mehr ständig, auf der Straße, in der Sonne zu gehen. Welche Gedanken bewegten mich im Schatten des Hauses, in der Römerstadt, die ich bis dahin nur vom Hörensagen kannte? Meine älteste Tochter heiratete; mein Sohn El Habib wuchs in der Kaserne bei seinem Vater auf. Als Ehefrau von El Hadj nahm ich von mir aus ganz natürlich den traditionellen Schleier an, ohne mir je zu sagen, dass er ein Leichentuch sei. Keineswegs!

Das wichtige war: El Hadj und ich redeten jeden Abend miteinander. Er kehrte von den zahlreichen Märkten in der Umgebung heim; an diese Orte gelangten auch die Boten aus dem Westen mit Informationen über die inhaftierten Anführer, sogar über die Leute im Exil, die sich im Orient dem großen alten Abdelkrim vom Rif angeschlossen hatten. Offenbar träumten damals all die politischen Exilanten in Kairo von einem freien »Großen Maghreb«! Welch schöne Träume! ... Dein Vater, der ein aufrichtiger Muslim war, entschloss sich zu einer Wallfahrt nach Mekka. Damals ging ich schwanger mit deinem jüngeren Bruder. Ich ermunterte meinen Mann zu dieser Reise. Ich sehe noch

jenen Abend vor mir, als er zwei Monate später zurückkehrte: Du auf seinem Schoß, ganz eingeschüchtert von
seiner neuen Kleidung, zogst ihn dennoch am Bart. Seine
Augen leuchteten vor Freude über seine Rückkehr, zugleich bemühte er sich meinetwegen, sehr ausführlich zu
erzählen: von Ägypten und Syrien, von Ländern, die uns in
der Unabhängigkeit vorangeschritten waren, im Grunde
vom ganzen Rest der Welt.

Die folgende Zeit war, glaube ich, die glücklichste meines Lebens: Fast zehn Jahre, in denen ich, wie mir schien,
hauptsächlich schlief, ihm zuhörte und mit meinen Kindern zusammen war. Es tat gut, so viele aufeinander folgende Nächte mit einem Mann zu verbringen, der müde
von der Arbeit kam, von seinen Wegen, seinen Gesprächen draußen, die er aber allabendlich mit mir teilte: ein
Ehegatte mit einem so warmen Herzen!

Lange Zeit später, in jenem verhängnisvollen Augenblick, als El Hadj tot war, seine Leiche zu meinen Füßen
lag, da neigte ich mich zu ihm hinunter, tränenlos, ich
wollte seine bloße Brust berühren, sein Gesicht, alle Stellen, an denen sein Blut noch nicht getrocknet war! Während ich nach Hause zurückkehrte, presste ich meine beiden Handflächen aneinander, da sie voll Blut waren. Ich
wollte, dass sein Blut auf meiner Haut trocknete.

Als ich mir an jenem Tag den Saum meines Schleiers
über den Kopf legte, um mich in den alten Gassen, die zu
meinem Haus führten, zu verbergen, ja, an diesem Tag
spürte ich, dass alles von vorne beginnen würde: Ich
würde mich wieder verkleiden, sonst würde der bisher

hingenommene Schleier mir zum Leichentuch oder zum Gefängnis werden. Ich musste ihn mir herunterreißen, oder aber als Kostüm benutzen, für ein Theaterstück, für ein ungeheuerliches Spiel, eine neue Konfrontation?

An jenem Tag brannte die Sommerhitze. Die Damen der Stadt trafen ein, um mir in den herkömmlichen Formeln ihr Beileid auszusprechen. Ich hörte kaum hin: Ich würde wieder draußen leben, atmen, schreien, das Leben durch alle Poren und Haare spüren, oder ich musste eine List finden, um es auch auf dem Gesicht, dem Körper spüren zu können, ob er verborgen war oder unverhüllt ... Ich musste mir etwas einfallen lassen! Vom Begräbnis deines Vaters an bis zu dem Tag, als die französischen Soldaten mich aus dem Wald herausholten, fühlte ich keinen Schmerz mehr. Stattdessen einen zähen, uneingeschränkten Willen, der mich unempfindlich machte, und zuweilen jenen Rausch meiner Jugend, der unversehrt zu mir zurückkehrte! Wenn mein Herz in manchen Momenten nicht anders konnte, als zu verzagen, so war es immer aus dem Schmerz darüber, dass ich meine zwei Jüngsten hatte verlassen müssen.

Gott sei es gedankt, dass ich mich wenigstens von dir auf meine Weise verabschieden konnte, in jenen Tagen und Nächten in der Höhle.

Könnte ich meine »Zeit bei den Partisanen« als eine Zeit des Hochgefühls beschreiben? Diese letzte Flucht eröffnete für mich so etwas wie eine Gelegenheit für ausgedehnte Ferien. Nachdem meine älteste Tochter mich der Sorge um euch entbunden und euch zu sich genommen hatte, begann eine Zeit, in der mein Körper dauernd unverschleiert war, in der meine physischen Kräfte fast ganz ausgeschöpft wurden. Als ich mich in den Bergen den Partisanen anschloss, hatte ich das Gefühl, einen Marsch wieder aufzunehmen: wohin, zu welchem Ziel? Ich sagte mir nur: bis ans Ende!

Vielleicht habe ich unwillkürlich eine Welt wiedergefunden, die mich an die Kindheit erinnerte – manchmal hatte ich auch den Eindruck, die antike Stadt liege mir zu Füßen, als hätte ich mir geschworen, sie nie zu vergessen. Da ich über den Terrassen lebte, über dem Alltag mit seinen geschlossenen Räumen, seinen verborgenen Innenhöfen, die Vorhänge an den wenigen Fenstern nur halb geöffnet, spürte ich, diese Welt des Verschlossenen, des Geflüsters und Schweigens war für mich endgültig vergangen.

Jene Übergangszeit mit ihrer Begeisterung, mit der Konzentration auf ein Ziel, den Kriegslisten und der unaufhörlichen Bewegung – als alte Bäuerin hinunter in die Stadt, wieder hinauf, den Unterschlupf aufsuchen, Buch führen über die heraufgebrachten Sachen … oder diesen Unterschlupf räumen für andere Verstecke im Wald – diese Ferien, andauernd unter freiem Himmel, erlebte ich als eine Wiedergeburt, doch wohin sollte sie führen?

Eines Abends feierten die Frauen bei deiner Tante. Es war ein spontanes Fest; die Bäuerinnen, vor allem die älteren, waren froh, stolz, erregt über dieses Zeichen der Verbundenheit – wahrscheinlich ahnten sie schon, dass unsere gesamte Kompanie bald fortgehen musste. Die Kinder waren wohl weggebracht worden – welche von den Frauen hatte das in die Hand genommen? Man hatte sie schlafend in einer der am weitesten entfernten Hütten zurückgelassen. Mitten in der Nacht saßen etwa zwanzig Frauen fast feierlich im Kreis, jede in ihrem Festtagsgewand. Die jüngste, eine Frischverheiratete von fünfzehn Jahren, wie man mir sagte, mit vollen Wangen und einem vor leuchtender Gesundheit strahlenden Gesicht, bediente uns in einem scharlachroten Rock aus der Stadt, oder sogar aus der Hauptstadt, wie es hieß. Sie hielt ihre Lider halb gesenkt, denn seit einer Woche spielte sie das Gesellschaftsspiel der Schamhaftigkeit. Während ihre frisch mit Henna gefärbten Finger jeder von uns ein Stück Honigkuchen mit Vanille oder mit einem Rand aus Anissamen reichte, verzog sie ihre geschminkten Lippen zu einem vorsichtigen Lächeln.

Nach außen hin war vereinbart worden, so zu tun als feierten wir mit ihr den siebten Tag ihres Glücks. Alle geladenen Frauen, auch die jungen, verhielten sich jedoch so, als wäre ich die Königin des Fests. Als würde ich, die Witwe war und nunmehr keinem Mann mehr angehören würde, zur platonischen Gattin der etwa vierzig Partisanen, bei denen ich allein bleiben musste, wenn sie von diesen Bergen weiterzogen …

Ich blieb nicht sitzen auf der flachen, mit Samt bedeckten Matratze, die für mich bestimmt war, sondern ging von einer der Frauen zur anderen, mein Bauernkleid vom Tag mit den kurzen Ärmeln hatte ich anbehalten, meine Finger waren eiskalt, trotz der warmen Jahreszeit – bei Tante Zohra hatten wir noch die Wäsche waschen müssen. Dennoch betrachtete mich jede von ihnen fast wie eine Braut. Auch als ich zur Reihe der Greisinnen gelangte, eine unter ihnen war blind, wiegte den Kopf und summte leise, während sie an einer kostbaren Gebetsschnur fingerte. Auf jeden Fall betrachteten sie mich als einen ganz besonderen Gast! Tatsächlich hatte ich mir diese Versammlung gewünscht. Als Anlass hatte ich den bevorstehenden Weggang der Kompanie angegeben. Am Morgen hatte der Kommandant noch gemahnt: »Du übernimmst also die Verantwortung?«

»Ja«, hatte ich geantwortet, »ich werde sie alle am späten Abend versammeln! Ich werde die Nacht mit ihnen verbringen. Morgen komme ich dann zu euch zurück!«

Tagsüber hatte Zohra, die eingeweiht war, die Vorbereitungen für das Essen unter den Jüngeren aufgeteilt. Wir aßen also an jenem Abend, deine Tante reichte voll Freude die mit Couscous und frischem Gemüse beladenen Schüsseln herum.

Eine der Alten schlug plötzlich vor: »In dieser glücklichen Nacht möchte ich das Klagelied des Geliebten anstimmen, des Propheten mit den sanften Augen, dessen Liebe mein Herz wach hält und das Blut in meinen kalten Gliedern wärmt!«

Sie hat als Erste gesungen, dann sind die anderen Frauen wie im Chor eingefallen. Das nächtliche Klagelied hat in unseren Herzen ein Geflecht vergessener Zärtlichkeiten und unterdrückter Liebkosungen wieder aufleben lassen, sodass meine Nachbarin leise weinte und eine andere den Namen Gottes mit Seufzern einer Verliebten aussprach. Am Ende des Gesangs kam die junge Braut, wenige Tage zuvor eine Jungfrau und noch strahlend in ihrer Blüte, zu mir und sagte mit schüchterner Stimme:

»Lass mich dir, unserer Anführerin, die Handflächen mit der Salbe des Paradieses rot färben. Wenn du uns morgen verlässt, du, der Schutz und die Liebe der Frauen dieser Gegend, werden wir dich so begleiten!«

Ich antwortete nicht. Tränen – die ersten seit Jahren – stiegen mir in die Augen, ich konnte sie nicht verbergen. Deine Tante verkündete allen, denn sie kann, das wusste ich schon lange, in den Herzen lesen: »Die gesegnete Zoulikha denkt an ihre jüngste Tochter!«

»Sie soll glücklich werden und eines Tages beschützt sein wie die Schönheit, die jetzt vor dir steht!«, rief die blinde Alte aus.

Die junge Braut kniete vor mir, öffnete das Tuch und knetete das Henna in einer alten Tasse aus glänzendem Kupfer. Eine der Nachbarinnen nahm die Litaneien wieder auf und ich ließ mich endlich in den langen Flur der Zeremonien geleiten.

»Noch nie, bei keiner meiner Hochzeiten, habe ich diesen Brauch gewünscht!«, sagte ich leise.

Die Sängerin, die ein Kopftuch aus gold- und safranfarbenem Stoff trug, fügte hinzu: »Heute Abend ist deine Hochzeit mit dem Paradies, du unsere Königin!«

Ich wischte meine Tränen ab. Ich schaute die unbekannte junge Braut an, die mir die Handflächen nun mit

Henna bedeckte und ich konnte nicht umhin zu sagen: »Dass meine Jüngste einmal den Glanz besitze, der heute dein Gesicht strahlen lässt, meine Tochter!«

»Ich bin glücklich, so glücklich, ich bebe vor Glück und vor Liebe, wenn du wüsstest!«, hauchte sie mir heimlich zu.

Als meine Hände ganz gesalbt waren und ich wartete, dass sie trockneten, richtete ich mich auf – schwach, seltsam verletzlich – und küsste die junge Braut.

Im Morgengrauen brach ich wieder zu den bewaffneten Männern auf. Da oben in den Wäldern bin ich nur mit »meinen Kämpfern« zusammen, dachte ich. Ich wusch meine Hände und betrachtete in der aufgehenden Sonne meine roten Handflächen ...

Als ich später allein in der Höhle war, kehrte die Sehnsucht nach euch, meinen Kleinen, noch stärker zu mir zurück! Ich ließ dich rufen, du würdest endlich kommen ...

11

Mina fährt als kleines Mädchen
zu ihrer Mutter in die Berge

Mina und ihre Freundin haben auf halbem Weg nach
Algier in einem Fischerdorf angehalten, in dem früher,
seit dem Ende des 19. Jahrhunderts, auch italienische
Einwanderer gewohnt hatten. Eine Anchoviskonserven-
Marke mit dem Namen »Papa Falcone« ist wegen ihrer
Güte noch heute in der Gegend bekannt.

Diese Einwanderer waren in zwei oder drei Generationen zu »Pieds-noirs« geworden – als wenn diese seltsame
Bezeichnung, wie für ein fernes Indianervolk, vergessen
machen könnte, dass davor Einheimische in einem Krieg
unterworfen wurden – die Einwanderer kehrten jedenfalls
nach 1962 in mehreren Wellen an die Nordküste des
Mittelmeers zurück. Seither irren die Dorfbewohner und
Bauern der umliegenden Hügel in der Ödnis des verlassenen Meeresufers umher.

Am Ende einer Allee kennt Mina ein einfaches Restaurant mit einer Terrasse über dem Fischereihafen. Der Wirt
ist ein ehemaliger Arbeiter bei Citroën, der dank seiner
Rente in sein Heimatdorf zurückkehren konnte – Frau
und Kinder halten die Vorstädte von Lyon immer noch für

ihr Gelobtes Land und besuchen ihn nur im Sommer für Ferien am Strand.

Mina isst häufig bei dem »wiedereingegliederten« Auswanderer. »Er kocht sehr gerne: frischen Fisch vom Grill, Salate aus gekochtem Gemüse ... und vor allem (sie lacht verschmitzt) hat er guten Rotwein aus der Gegend. Ich vermute, es ist sein Trick«, fügt sie leiser hinzu, »ihn offen trinken zu dürfen, sogar mitten im Dorf seiner Vorfahren!«

Den Freundinnen geht es darum, über die Mittagszeit die brütende Hitze der Hundstage zu meiden.

»Am späten Nachmittag sind wir in Algier!«, verspricht Mina.

Nachdem sie als Vorspeise von den Anchovis gekostet haben, bestellen danach alle beide das »hausgemachte Brot«.

»Es ist von der Frau gegenüber, mein Kellner muss nur über die Straße gehen!«, sagt der Wirt lächelnd und kündigt als Hauptgang Seebarben vom Grill an, die am frühen Morgen gefangen wurden.

Die Freundinnen feiern so ihre bevorstehende Trennung.

»Erinnerst du dich, Mina, an das erste Gespräch, das ich mit dir führte, vor zwei Jahren. Du gabst mir einen kurzen Bericht, wie du damals deine Mutter bei den Partisanen besucht hattest, ›als Mädchen von zwölf Jahren!‹«

Mina antwortet nicht, verliert sich in Gedanken. Der Besitzer geht in seinem Restaurant auf und ab, dann beginnt er, redselig von einer jungen Frau zu erzählen, die offenbar der Stolz des Dorfes ist: »Sie hatte beschlossen, nach Frankreich auszuwandern, das ist fünf Jahre her, höchstens sechs. Wissen Sie, was für eine Stellung sie heute dort drüben hat?«

»Was meinen Sie mit drüben?«

»In Grenoble, schon lange ein Auswanderungsziel für Leute aus dieser Gemeinde! Diese junge Frau namens Halima, ›die Träumerin‹ könnte man übersetzen, oder, warum nicht, ›die einen Traum verdient‹, Halima hatte hier in der Hauptstadt ein Diplom in Geographie erworben, sie wollte Geologie weiterstudieren, bekam aber kein Stipendium. Na und drüben, in der ›Metropole‹, wie die Pieds-noirs früher sagten, hat sie, wie ihr Name voraussagt, ihren Traum verwirklicht: Sie übt nicht nur ihren Beruf aus, inzwischen ist sie auch zu einer wichtigen Persönlichkeit der Stadt geworden!«

»Was ist das, eine wichtige Persönlichkeit der Stadt?«, fragt Minas Freundin, und sie denkt bei sich: Die Küche ist vorzüglich, das marinierte Gemüse wie bei mir zu Hause, aber mein Gott, was ist der Wirt geschwätzig! ... Lässt er uns irgendwann die Ruhe, die wir uns heute wünschen?

»Du möchtest wissen, was unsere Mitbürgerin drüben geworden ist? Halima wurde zur Stadträtin gewählt. Als ihr Erfolg hier bekannt wurde, hätte nicht viel gefehlt, und das Dorf hätte ihr zweihundert Glückwunschtelegramme auf einen Schlag geschickt!«

»Das Dorf stirbt«, seufzt der Wirt. »... Es kommen fast

keine Touristen, und was die hiesige Kundschaft betrifft, die reichere Jugend bewegt sich kaum über die Umgebung der Hauptstadt hinaus.«

»Da haben sie sich ihren Ruhesitz aber gut ausgesucht!«, schließt die Besucherin.

Plötzlich ist alles friedlich. Ruhe dringt aus dem Garten herein, kaum sind die Grillen hörbar mit ihrem lang gezogenen, leiseren Zirpen. Der Wirt verschwindet zu seinem Mittagsschlaf; er überlässt es seinem Kellner, einem Jugendlichen, sich um die Gäste zu kümmern.

Mina behält ein zerstreutes Lächeln auf den Lippen. Taucht sie in die Vergangenheit? Oder wird die Frage der Freundin in der Schwebe bleiben?

Dann beginnt sie zu sprechen, oder vielmehr bereitet sich darauf vor, sich selbst beim Sprechen zuzuhören. Vergisst sie in diesem einfachen Lokal, einem ihrer vertrauten Ruhepunkte, dass sie … wirklich auf dem Rückweg sind? Sie möchte in ihrem Sprachfluss aufgehen, warum soll sie die Anstrengung des Erinnerns auf sich nehmen? In manchen Augenblicken ist die Erinnerung eine Blume, die man pflücken muss, wie eine Gardenie … Doch die Erinnerung an meine Mutter trage ich wie einen in sich geschlossenen Ring, ich im Zentrum, umgeben von Moiré oder steifem Taft, manchmal spiegele ich mich, und ein andermal blende ich mich selbst aus.

Wird diese Freundin verstehen, dass man sich nicht erinnern kann, wenn man ganz nah an einen Schattenmund geschmiegt ist? …

Ich erwecke nicht die Toten, ich trage sie lebendig in mir, höchstens vielleicht einbalsamiert wie bei den Ägyptern, und sie entfalten sich nach und nach im Halbdunkel. Dabei spielte ich früher immer nur in der hellen Sonne und träumte vom Meer. Mein kleiner Bruder durfte im Hafen baden, ich jedoch niemals. Wenn Zoulikha doch da gewesen wäre, als ich heranwuchs, ich hätte es gewagt, mich als Fischerjunge zu verkleiden (ich war knabenhaft, ich brauchte nur meine Haare abzuschneiden). Aber als Tochter der verschwundenen Heldin durfte ich lediglich von der Legende meiner Mutter träumen, dabei ... Erinnerungen, eine langsame innere Flut, die je nach der Stimmung und der Bewölkung anschwillt oder verdunstet ...

Mina öffnet ihre Augen, zwei oder drei Minuten, nicht länger, dann scheinen sie von der gleißenden Helligkeit der Sonne wie geblendet ...

Endlich beginnt sie, während die Zuhörerin die langen, ein wenig mageren Finger beobachtet (der rechten Hand, als wollte Mina eher schreiben als sprechen), die angefangen haben, den Takt zu schlagen, die langen oder kurzen Sätze zu unterstreichen, um etwas an die Oberfläche zurückzuholen: wie an einer Gebetsschnur die Worte einer Frau, die sich vorbereitet – auf ein Gebet, auf einen Fluch, um auszutreiben oder zu hoffen, im unaufhaltsamen Fortschreiten der Zeit, im Ablauf der Tage, die nicht wiederkehren, ja, Minas lange braune Finger klopfen in leichten Schlägen auf den Rand des einfachen Tisches und ihre so unterstützte Stimme wird nun nicht mehr abbrechen. Die Finger einer Frau, die im Innersten von der Vergangenheit verschlungen wird (»ich, ein Mädchen von zwölf Jahren«), schlagen unerbittlich den Takt, den verborgenen Rhythmus zu einem noch nicht gefundenen Vers ...

Stimme von Mina

Ich erinnere mich an den Tag, als ich einer Bettlerin begegnete, die ich nie zuvor gesehen hatte. Bei näherer Betrachtung bemerkte ich, dass sie gar nicht alt war. Sie hatte jedoch einen Akzent aus den Bergen und viele Tätowierungen am Kinn, auf der Stirn, über den Wangenknochen, wie die Nomadinnen. Ohne anzuklopfen war sie geräuschvoll hereingekommen und hatte sich ungefragt in der kühlen Vorhalle niedergelassen, die ich eben aufgewischt hatte.

»Ruf deine Mutter!«, befahl sie mir barsch.

»Meine Mutter ist nicht hier!«

»Dann deine Tante oder deine große Schwester!«

»Was willst du denn?«, warf ich ihr hin, ich, eine Göre von zwölf, ich reckte mich in die Höhe, um so, wie ich mir einbildete, als Hausherrin zu wirken. Dann fügte ich hinzu: »Mein jüngerer Bruder spielt draußen, aber hier im Haus habe ich ...« Ich wollte fortfahren: »das Sagen«, aber ich brach ab.

»Du?«, fragte sie amüsiert. Sie hatte sich auf den Fliesenboden gesetzt, ihren Rücken gegen den Rand des Bassins gelehnt, jetzt fuhr sie mit milderer Stimme fort: »Also du bist hier die Herrin im Haus! Du siehst, ich weiß alles, denn ich komme … als Botin!«

»Als Botin? Von wem, was bringst du?« Ich sprach lauter, fürchtete eine Falle.

Doch sie beruhigte mich gleich: »Du bist wirklich die Tochter deiner Mutter, der *moudjahida*.«

Wegen dieses Worts fasste ich Vertrauen. Ich setzte mich nun selbst auf den Boden, ihr gegenüber. Sie war vielleicht eine Botin, doch welche Botschaft hatte sie?

»Deine Mutter, Gott unterstütze sie in ihrem Kampf, möchte, dass du und dein Bruder abgeholt und für ein paar Tage zu ihr gebracht werdet … Um mit ihr zusammen zu sein!«

»Einige Tage bei meiner Mutter?« murmelte ich mit klopfendem Herzen.

»Anscheinend sehnt sie sich nach euch beiden!«

Ich überlegte rasch. Ich wäre am liebsten sofort aufgebrochen. »Wenn mein Bruder nicht in die Schule muss, so wie heute«, sagte ich leise, »dann ist er draußen, er spielt auf der Gasse. Er ist erst sechs; er braucht seine Spielgefährten!«

»Ihr könntet sagen, ihr fahrt ein paar Tage zu eurer großen Schwester in die Ferien!«

»In der Schule sind im Moment keine Ferien!«

»Kannst du nicht irgendeine Ausrede finden?«

Ich begann zu suchen … Die Stimme von Hania ermahnte mich ständig, auch wenn sie fern klang: »Sei vorsichtig, keine Unbedachtheit, halt dich zurück!«

»Ich muss bis heute Abend warten. Unsere Verwandte

Aïcha kommt jeden Abend zum Abendessen, manchmal schläft sie auch bei uns. Sie wird mit meiner Schwester reden, per Telefon, von einem Haus von Freunden.«

Jetzt erst dachte ich daran, der Bettlerin den Krug mit kaltem Wasser zu bringen. »Ich kann dir Oliven anbieten und Fladen von heute Morgen.«

»Du bist ja schon eine richtige Hausfrau, meine Tochter! Danke für das Wasser!« Sie trank ausgiebig. »Sonst brauche ich nichts. Denk dran, ich bin die Botin!«

Sie stand auf, plötzlich lebhaft und mit geradem Rücken. Sie umarmte mich und sagte zärtlich: »Ich komme morgen um die gleiche Zeit wieder; und lass deinen Bruder wie üblich draußen spielen!«

Als sie auf den schweren Flügel des Tors zuschritt, um ihn zu öffnen, hatte ich eine plötzliche Eingebung. Ich zog sie an ihrem Umhang.

»Sag mal, Botin!«

Sie neigte sich zu mir herunter und lächelte, wobei sich ihre dunkelblauen Tätowierungen alle verformten.

»Siehst du meine Mutter?« Meine Stimme versagte, aber ich biss mir auf die Lippe, um nicht schwach zu werden.

»Du wirst sie sehen, das verspreche ich dir, meine Kleine!« Während sie sich zum Gehen wandte, erteilte sie noch mit einer kreisenden Armbewegung dem gesamten Haus einen Segen.

Doch ich konnte die ganze Nacht nicht schlafen: Meine Mutter war offenbar eine Herrin der Berge und verfügte über eine Armee von Botinnen in aller Welt!

Für mich war es einfach, ein paar Tage hinzufahren, um sie wiederzusehen. Vor allem, da vereinbart wurde – ich war schon groß genug – dass ich mich verschleiern sollte, um den Autobus zu nehmen, mit einem Führer, der sich einfinden würde. Aber bei meinem Bruder war das anders! Die Nachbarn würden sich Fragen stellen und es wäre ein Leichtes, etwa über einen Polizeispitzel, herauszufinden, dass wir nicht bei meiner Schwester in Burdeau waren.

Schließlich wurde entschieden, dass ich allein das Abenteuer wagen sollte. Die Verwandte, die jeden Abend kam, würde bei uns wohnen, solange ich fort war.

Ich war mit meinem Führer am Ausgang der Stadt verabredet, vor dem Grabmal von Sidi Brahmin. In meinen Jungmädchenschleier gehüllt traf ich ein, das Gesicht vollkommen verdeckt, nur ein Auge war frei.

Wie schwer mir das fiel! Zunächst war ich stolz, die El-Qsiba-Straße meines Viertels hinunterzugehen, zum ersten Mal in meinem Leben verschleiert: aufrecht, unsichtbar für die Blicke, nicht einmal erkennbar für die Gaffer, die stets auf der Lauer lagen. Vor allem war ich stolz, daran erinnere ich mich noch, die Gestalt eines richtigen jungen Mädchens zu haben, ich wirkte wie sechzehn. Fast eine Frau – eine echte Unbekannte, das bewegte mich sehr.

An der Tür zum Heiligtum stand ein junger Mann, wie man ihn mir beschrieben hatte: Er trug eine rote Kopfbedeckung und einen riesigen Korb. Ich trat ihm gegenüber und gab mein Gesicht frei. Er erklärte mir, wo ich in den Bus steigen sollte. »Ich gehe hinter dir!«, sagte er. Wieder verbarg ich mein Gesicht. Vielleicht wegen der Aufregung, zwar verschleiert zu sein, aber nur wie ein einäugiger Schatten sehen zu können, kam es mir mit einem Mal vor, als sähe ich gar nichts mehr … Ich wurde ganz kopflos. Was konnte ich schon sehen durch diesen winzigen Schlitz?

Der Autobus hielt … Ich stieg zitternd ein. Er fuhr sofort los. Ich stammelte, meine Lippen hinter dem Stoff: »Ich fahre nach Menacer.«

Ich bemerkte plötzlich, dass der Führer nicht eingestiegen war. Darauf erwiderte mir der Fahrer, recht laut und ironisch: »O Lalla, wir fahren aber nach Kharrouba.«

Mein Herz schlug wie wild. An der nächsten Haltestelle stieg ich aus. Ich nahm einen Bus in die Gegenrichtung, erreichte wieder das Grabmal von Sidi Brahmin, meinen Ausgangspunkt. Mein Führer war nicht mehr da; ich zögerte. Sollte ich nach Hause zurückkehren? Nein, sagte ich mir und biss die Zähne zusammen. Mein Bruder war nicht allein, es kümmerte sich drei oder vier Tage lang jemand um ihn. Ich musste meine Mutter sehen. Ich würde sie besuchen, was auch geschah! Ich überlegte rasch: Im Vorjahr war ich, noch ohne Schleier, mit dem Autobus alleine bis zur Sippe meines Vaters gereist, der damals noch lebte, aber verfolgt wurde. Dorthin musste ich wieder fahren, so sagte ich mir. Vor mir waren Bauern verschiedenen Alters, die die Stadt verlassen wollten. Ich ging auf einen alten Mann zu.

»Vater, kennst du 'Izzar?«

»Ja natürlich, ich fahre in die Nähe.«

»Kann ich dir folgen, damit ich den Weg weiß?«

Er starrte mich plötzlich misstrauisch an: wahrscheinlich weil meine Stimme hinter dem Schleier mein Alter verriet.

»Zu wem willst du denn in ʼIzzar?«, fragte er.

Ich nannte die Familie meines Vaters.

Beruhigt antwortete er: »Folge mir! Nimm den gleichen Bus wie ich und steig aus, wo ich aussteige!«

Auf diese Weise traf ich ruhig und entschlossen am Nachmittag bei Tante Zohra Oudai und meinem Großvater ein, der damals noch lebte.

Ich war ungeduldig. »Ihr müsst einen guten Führer finden, der zu meiner Mutter in die Wälder hinaufsteigt und ihr sagt, dass ich hier heraufgekommen bin, um sie zu besuchen! Ich will sie sehen!«, bekräftigte ich, während die Frauen mich verwundert umringten.

Ich war seit dem letzten Besuch natürlich gewachsen, aber vor allem, dass ich meinen Schleier noch etwas linkisch trug, rief bei ihnen ein Lächeln hervor oder vielleicht auch Rührung, ich weiß es nicht.

Am nächsten Tag kam endlich ein anderer Führer, um mich zu dem Versteck zu führen, in dem meine Mutter lebte: ein Bunker mitten im Wald und in großer Höhe. Mit ihr zählte die Kompanie fünfundvierzig Mann, fast alle waren sehr jung. Die Lage war für Zoulikha schwierig geworden, wie ich später erfuhr: Man musste Verrat fürchten. Die Razzien hatten stark zugenommen. Es kam nicht mehr infrage, dass sie die Verbindung zu den Gruppen der Frauen in der Stadt aufrechterhielt. Daher war beschlossen worden, dass sie bald in einen ganz anderen Sektor versetzt werden sollte. Es waren diese Umstände gewesen, die ihr Verlangen nach uns so sehr gesteigert hatten, nach »ihren Kleinen«, wie sie nüchtern sagte. Ich erinnere mich, die erste Nacht habe ich in ihren Armen geschlafen, ganz hinten in der Höhle, bis zum Morgen.

Unter diesen Mudschaheddin war meine Mutter die einzige Frau. Ich verbrachte vier Tage mit ihnen allen. Während dieser Zeit machten die französischen Soldaten einen Vorstoß und gelangten in unsere Nähe. Wir wechselten in ein Versteck, viel höher in den Bergen, aber am Abend konnten wir in den vorigen Unterschlupf zurückkehren.

Einmal warf Zoulikha mir vor, dass ich meinen Bruder nicht mitgebracht hatte. Ich erläuterte ihr ausführlich die Gründe: Die Jungen im Viertel hätten gemerkt, wenn er gefehlt hätte. Sie wurde traurig. »Jetzt haben also die anderen die Gewalt über meine eigenen Kinder!«, klagte sie.

Später sagte ich mir, dass sie eine dunkle Vorahnung bedrückte, als würde sie uns nie mehr wiedersehen.

»Wenn du wieder hinuntergehst«, sagte sie mir am dritten Tag, »gebe ich dir einen Auftrag für Lla Lbia mit.« Diese sollte für den darauf folgenden Samstag eine Versammlung mit allen Unterstützerinnen einberufen. »Sie müssen alles zusammenbringen, was sie gesammelt haben. Im Moment brauchen wir ganz dringend Chinin. Vergiss es nicht«, ermahnte sie mich.

Ich protestierte: »Du redest schon mit mir wie beim

Abschied. Ich bin aber noch da, Mma!«, und das einzige Mal, glaube ich, brach ich in Schluchzen aus.

Zoulikha drückte mich an sich. »Das Leben in den Wäldern beginnt dir zu gefallen!« Sie lachte leise.

An diesem Tag erklärte sie mir auch, dass die gesamte Kompanie nach der Versammlung von Lla Lbia zum Bergland im Osten verlegt würde, drei Tagesmärsche von hier. »Ich bin schon einmal dort gewesen: Wir haben ein großes Feldlazarett eingerichtet. Ich hoffe, dass es gut geschützt arbeiten kann.«

»Weißt du«, fügte sie nach einer Weile hinzu, »von hier aus kann ich manchmal, in sehr hellen Nächten, in der Ferne die Lichter von Caesarea sehen … Dann träume ich jede Nacht von euch, stelle mir meine beiden Kleinen vor, wie sie in den Zimmern schlafen. Bisher war es, selbst wenn ich ruhte, immer so, als wenn die Stadt – und ihr in ihrem Herzen – zu meinen Füßen schliefe!«

Am nächsten Morgen, einem Mittwoch, erwachte sie vor mir, und als ich aufstand, sagte sie zu mir: »Der Führer ist bereit, um dich hinunterzubringen. Heute ist der vierte Tag, hast du es vergessen?«

In diesem Moment wurde ich wirklich zwölf, ich geriet außer mir, trotz der Anwesenheit der Partisanen. Ich rannte aus der Höhle hinaus, ich weinte, ich lehnte mich auf: »Ich gehe nicht zurück in das Haus, wo ich weggesperrt werde, während ihr hier alle frei seid!«

Ich bebte und schluchzte: »Ich möchte bei dir bleiben! Mit dir möchte ich in die Wälder gehen, unter freiem Himmel leben!«

Ich redete und redete. Mein Kummer riss mich hin, als gebe es eine Hoffnung, ich könnte bei ihnen bleiben. Zoulikha betrachtete mich, ohne ein Wort, erinnerte mich nicht einmal an die Pflicht, meinen Bruder zu hüten. Sie war traurig, aber auch ein wenig amüsiert. Ich musste mich selbst trösten: Die Partisanen waren weggegangen. Ganz langsam nahm ich wieder Vernunft an.

»Wenn mein Bruder nicht wäre ...«, sagte ich wieder und wieder, mit einem Schluckauf.

Endlich nahm sie mich in die Arme, wiegte mich, wiederholte schließlich mit Bestimmtheit: »Du bist meine Große! Vergiss nicht die Botschaft für Lla Lbia! Ich sehe dich am Samstag!«

Dann blieben wir allein, nur wir beide, auf einer sonnenbeschienenen Lichtung. Um mich zu versöhnen erzählte sie mir eine ihrer schönsten Erinnerungen: von einem Fest der Bäuerinnen, das eine Woche zuvor stattgefunden hatte, ebenfalls im Wissen, dass sie die Gegend verlassen würde. Sie schilderte das Fest und ihre Freude darüber, beschrieb damit auch ihre Hoffnung für die Zukunft. Meine Zukunft, sagte sie, unsere Zukunft, erwiderte ich, und sie berichtigte dann selbst: »Natürlich die Zukunft des ganzen Landes!«

Am Samstag kam sie herunter nach Caesarea. Das Treffen verlief, wie sie es geplant hatten. Sie ließ mich holen. Ich sah sie noch einmal, aber nur kurz in Lla Lbias Innenhof, in dem sich viele Frauen drängten, zum letzten Mal, wieder als alte Frau, in ihrer Verkleidung ... Ich war zugegen, wie der große Korb gefüllt wurde, diesmal war es Lla

Lbias Sohn Ali, der ihn dem Führer übergab, der vor Zoulikha hergehen sollte.

Sie brach auf. Ich kehrte nach Hause zurück. Aber am folgenden Dienstag lief früh am Morgen das Gerücht durch unser Viertel: »Zoulikha ist verhaftet!« Ich glaubte es nicht. So oft machten falsche Nachrichten die Runde; zuweilen konnte es uns nützen.

Doch am Ende dieses Tages kam der Vater meines Vaters zu uns ins Haus und verkündete uns ernst: »Deine Mutter ist im Wald verhaftet worden!«

Er nannte die Namen von vier weiteren Männern und einem Oudai, einem Cousin meines Vaters, alle waren, wie Zoulikha, gefesselt aus dem Wald geholt worden. Und alle hat man später nie wieder gesehen.

Die beiden Freundinnen gehen schweigend zum Auto zurück. Die Hitze ist abgeklungen.

»Noch eine Stunde Fahrt, dann bist du glücklich am Ziel!«, bemerkt Mina nur, während sie sich ans Steuer setzt.

12

Letzter Monolog Zoulikhas

Aus der langen Zeit der Folter und Misshandlungen erzähle ich dir nur das Dunkel, das mich umgab. Vielleicht lag ich in einem Zelt, vielleicht in einer Feldhütte – das riesige Lager der Verdächtigen, die zum Verhör inhaftiert waren, schien nicht weit entfernt zu sein. Sie haben sich, als ich so dalag, untereinander gestritten: einer von ihnen, dessen Stimme ich noch nicht kannte, hat geschrien (das zweite Mal war es leiser, oder ich hatte vielleicht inzwischen das Bewusstsein verloren), meine Haft sei »illegal«, ich müsste in ein anderes Lager (den Namen habe ich vergessen) gebracht werden.

Sie haben wahrscheinlich noch weiter argumentiert, ein Tumult harter Stimmen, nur einer schien stur zu bleiben, und seine Worte kamen hämmernd, immer im gleichen verhaltenen, fast könnte man sagen, glühenden, Ton. Aber alles ging durcheinander und der Schmerz entlang meinen Schenkeln brannte und peinigte mich, reichte mir bis zu den Ohren, es war ein unbekanntes Grauen, als dringe der ganze Morast des Erdballs auf mich ein, dachte ich wirr, mit all seinen Ekel erregenden Gerüchen. Zugleich schien der Boden sich zu neigen zu einer riesigen schiefen Ebene und mich in einen unbekannten Kosmos von kaltblauem Nichts zu ziehen, in eine Stille, die jedoch in überschwappenden oder ineinander fallenden Wellen heranschoss, wie Schiffchen mit kardierter Wolle …

Ich habe meine Henker nicht mehr sprechen hören, ich nahm nicht einmal mehr mein eigenes Stöhnen wahr … Wenn es so weiterginge, hätte die Folter dann die gleiche Wirkung auf meinen Körper wie fast zwanzig Jahre der Liebesnächte mit drei verschiedenen Ehemännern? Oder war dieser Vergleich eine Sünde? Folter oder Wollust, plötzlich so auf nichts reduziert, auf den Körper – eine Haut, eine Hülle, auf den fetten Erdboden geworfen. Die Erinnerung an die letzten Augenblicke mischt auf unge-heuerliche Weise alles zusammen: Folter und Wollust. Mein Körper – vielleicht weil er ein Frauenkörper ist und so oft geboren hat – lässt seine Wunden, seine Öffnungen klaffen, seine Ausscheidungen fließen, im Grunde dünstet er sich selbst aus, zerbirst, entleert sich, ohne sich ganz zu erschöpfen! Zumindest noch nicht … Vielleicht sucht er im Dunkel, außerhalb der Zeit, eine Verwandlung?

An die vier Kinder denken, die ich gebar, an das Ge-flecht aus Gemurmel, Stöhnen, zerrissenen Schreien und wütenden Krämpfen, die der Ankunft eines jeden voraus-gingen – vor allem dich mir vorstellen, Mina, dein fast noch kindlicher Körper hatte nachts an mich geschmiegt in der Höhle geschlafen, es half mir, diese lange Dauer der Folter durchzustehen, ohne dass das Blut, der Eiter, der Urin mir die Seele befleckten, mein Herz beschmutzten.

Denk später nicht an meine Zeit im Zelt: Sie war gewöhnlich, sie war unvermeidlich. Dein Vater starb mit durchsiebter Brust und einem Lächeln auf den Lippen: er war rein, das Feuer hat ihn mit einem letzten Blitz gerettet. Ich hatte wohl nicht das Glück, im Kampf zu sterben, weil mein Körper ihnen Angst einjagte. Da war es nur normal, dass sie sich auf ihn stürzten, dass sie ihn zu zerstückeln versuchten!

Ich erinnere mich nicht einmal an ihre Liste unerschöpflicher Fragen. Lange vor dem halben Jahr, das der begeisternden Zeit in den Wäldern vorausging – der wiedergefundenen Freiheit, die ich nie mehr verlieren wollte, und in der ich mich verlor – hätten wir, die jungen Männer und ich, wissen müssen, dass die Fragen, die Antworten, das Bedrängen mit Worten, die hinterhältigen Tricks, die dazu bestimmt waren, jede Aussage wie ein falsches Geständnis aussehen zu lassen, dass all das tatsächlich inszeniert war, ein gängiges »Spiel«: sowohl für die Henker wie vermutlich auch für die Opfer (wenn einige von ihnen gegen ihren Willen schwach werden, sich plötzlich ausliefern, tritt die Scham erst viel später ein ...)

Denn wenn die Waffe einmal aus den Händen gefallen ist, werden diese Fallstricke die Gefangene fesseln und die ursprünglich klare Konfrontation verwandelt sich in einen Clinch ... Nein, dieses Drehbuch bitte nicht für mich!

Bald würden sie mich ins Kreuzverhör nehmen, in einem Zelt, einer Hütte, ich weiß es nicht. Als ich aus dem Hubschrauber stieg, war ich geblendet und hielt durch einen unüberwindlichen Instinkt die Lider geschlossen. Sobald sie mich zum ersten Mal fragten – einen nutzlosen, folgenlosen Satz, erkannte ich, dass sie einen Ritus brauchten: Sie legten schon die Kabel für das Elektroschockgerät, sie brachten schon die Wasserkanister für die »Badewanne«, sie schärften die Messer mit dem bekannten Wetzgeräusch, all das, im Grunde, um von meinem Körper Maß zu nehmen.

Diese schwere Masse mit den starken Muskeln, mit der jetzt von der Sonne verbrannten Haut, dem Geschlecht, das viermal geboren hat, im Grunde ein Standbild, würden sie jetzt durchwalken, versuchen, zur heimlichen Triebfeder vorzudringen, an ihr zu untersuchen, warum sie nicht einer einfachen Mechanik gehorchte. Die Fesseln an meinen Armen und meinen Knöcheln, meine nackten, geschwollenen Brüste taten mir weh, sie spuckten auf mein offenes Haar und nannten es höhnisch »die Löwinnenmähne«. Auf jedes Stückchen meines Fleischs stürzten sie sich zu zweit und zu dritt, mit Wut und kalter Entschlossenheit, während sie die ganze Zeit unaufhörlich der lang gezogene Faden meiner Stimme verfolgte.

Meine Stimme war mir entglitten. Sie stöhnte allein, als hätte sie keine Bindung und keine Wurzeln. Sie brüllte nur ein einziges Mal, im nächsten Moment, ich erinnere mich, konnte ich auf ein rohes, feuchtes Seil direkt vor mir beißen. Meine Stimme, die ich als undeutliche Schwingung hörte, aber zugleich so laut, als würde ein Echo mir ihr Schrillen gegen meine Schläfen, unter meine geschlossenen Lider zurückwerfen. Meine Stimme formte kein

Wort, weder in Arabisch, Berberisch noch Französisch. Nur vielleicht, wie mir scheint, »o Gott, o geliebter Prophet!« oder den inneren Nachhall dieses vertrauten Spruchs. Endlos reihte ich wie eine lange Gebetsschnur alle eure Vornamen aneinander, den verschwundenen El Habib eingeschlossen, deinen süßen Namen zuletzt, variierte sie unendlich, während meine Vagina sich unter dem Elektroschock wand wie ein Brunnen ohne Grund ... In dieser früheren Höhle der Lust, dein Vorname, wie ein seidener Faden, der sich endlos einrollen sollte, bis in mein tiefstes Inneres, um mich zu betäuben und zu besänftigen ... »O Gott, o geliebter Prophet ...« und das Arabisch der Vorfahren kam mir wieder, ein zärtlicher Ozean für diese Überfahrt.

Lange danach haben sie mich herausgeholt, ins Licht. Es war das Morgengrauen, da bin ich sicher. Mein Körper war wieder bekleidet, ich weiß nicht wie: mit dem gleichen Umhang der Bauernkutte, in der sie mich aufgegriffen hatten, als sie mich aus dem Wald zerrten. »Ein Leichnam«, sagten später die Leute aus der Stadt: ein Leichnam, der mitten im Dorf deines Vaters ausgestellt wurde (danach wurde es Stein für Stein abgerissen).

Von diesem Morgengrauen spreche ich nun zu dir, meine kleine Mina. Denn ich suche dich draußen, ich hoffe, deine Stimme dort drüben zu erraten, deine Gegenwart, deine Wege, deine Arbeit, ja, bis in die Nächte, wenn du ruhst ... Mein Leichnam: Wurden die anderen, alle Männer an diesen Orten auch von der Angst erfasst, wovor? ... Vor mir oder vor dem, was sie »mein Heldentum« nannten, oder vielmehr vor dieser Gegenwart meiner Arme, meiner Brust, meines immer noch erhobenen Kopfes, meiner für immer zerzausten Haare – denn meine rote Löwinnenmähne haben sie absichtlich durch den Schmutz gezogen, das bunte Kopftuch haben sie mir nicht mehr um Stirn und Ohren gebunden, mein braunes Kleid umhüllte mich in Fetzen, verdreckt an der Hüfte und am Rücken, nackt waren meine Füße und nackt mein Kopf mit den zerzausten Haaren, die ihn wie ein Kranz umgaben, in dem die ersten Sonnenstrahlen aufloderten.

Wie sie mich so hinzerrten und den Blicken der umherirrenden Schakale aussetzten, davor auch den entsetzten Augen der Bauern, die reglos im Kreis standen, als ohnmächtige Zuschauer, wie sie meinen zerschundenen Frauenkörper verhöhnten, eines der Knie zur Seite gespreizt, als solle die leichte Öffnung des Beins und der Wade zwangsläufig eine obszöne Stellung ergeben – eine Vierteilung, ein Gemälde, seine Karikatur ... Ich überschütte dich mit panischen Worten ... Das alles verband in wahnwitziger Weise die Henker mit den Männern, die Opfer oder auch nur zufällige Zeugen waren ...

»Hier zeigen wir euch das Böse! Wir wollen, dass ihr die Augen öffnet, euch an diesem Anblick weidet, für euch, für euren künftigen Seelenfrieden, für den Schlaf der künftigen Generationen! ...«

Ich kann sie mir so gut vorstellen, diese Ansprache an die Männer, im Namen von Anstand oder Tradition des

Islam, der Marabuts, Gott weiß wovon sonst, jedenfalls im Namen der Tradition mit all ihrem Gewicht – eine Warnung unter Gleichgesinnten, als wollten sie, wie die Siedler des Dorfs im ›Café du Commerce‹, oder die Gläubigen in der Moschee und beim Dominospiel in den maurischen Teestuben, sagen: »Wo kommen wir hin, wenn eure Frauen und eure Töchter ihre Rolle verwechseln!«, oder irgend so ein Satz, so unbelehrbar wie möglich, um Schande auf meinen niedergestreckten Körper zu werfen!

O meine Mina, die du inzwischen zur Frau geworden bist, diese letzte Zurschaustellung meines Körpers vor ihnen allen (ich würde fast sagen, diese Kreuzigung ohne Kreuz) hat das Gleiche bewirkt, als wäre ich jahrzehntelang im Dorf geblieben: eine Nacht, alle Nächte. Es ist, als ob ich an jener Stelle verwest wäre (an dem Ort, den Hania am Tag nach dem Waffenstillstand vergeblich gesucht hat), unter der gnadenlosen Sonne und danach, in den endlosen Gängen ihrer Schlaflosigkeit! …

An diesem Ort meines zur Schau gestellten Todes habe ich Wurzeln geschlagen, um dich zu erwarten, zwanzig Jahre später, um dich über mich zu befragen: Hält die Angst mich noch in Bann, beißt sie mich, schwächt sie mich so sehr, dass sie diese Hülle abnutzt, auflöst, sie in Myriaden von Staubteilchen im Südwind verweht, oder hat sie sich verwandelt in die Angst um dich, um deinen zerbrechlichen Körper, dein jugendliches Gesicht, deine Zukunft?

Wie kann ich mich, von allem befreit, in das Reich der Toten begeben, wenn mich noch die Angst um dich umtreibt, meine ängstliche Neugier, mein nicht gestillter Hunger nach deinem Schicksal, du, ein Jasminzweig, der fallen könnte, bevor er seinen starken Duft verströmt hat ...

Ob mein Körper nur schläft? Die Frauenleiber, die man für besiegt hält, erweitern so ihren Schlaf, vom Wind des Vergessens hinübergeweht, auf die andere Seite der Schattenlinie, und erwarten einander dort im Boot des Großen Fährmanns.

Als würde mein Bauch, der dich geboren hat, bevor er seine eigene Ruhe findet, noch darauf warten zu erfahren, was mit deinem jungen Leib geschieht, ob er gebären wird, oder ob er noch eine andere Stärkung braucht, eine andere Reifung! ...

Eine Folge von Tagen, die ich dir schildern möchte. Es war Anfang Juli. Der Schirokko kam aus dem äußersten Süden die kahlen Hänge herauf und stürzte danach, durch beinah unsichtbare Schluchten auf die gedrängte, bis dahin kühle Stadt ... Zwei Tage, jede meiner Poren offen zum Himmel, um das ausgegossene Licht zu betrachten, das die unermessliche Himmelskuppel füllte ... Seine Abstufungen von Stunde zu Stunde, seine unmerkliche Blässe, wenn die Hirtenhunde nicht mehr bellen und die Stille als eine gnadenlose Glocke die verstreuten Bauernhöfe niederdrückt, eine abwartende Stille, wie im Theater, auf eine in der Mittagshitze abgestandene Tragödie, die den Äther tonlos, silbrig vibrieren lässt ... Mein auf dem Boden liegender Körper wurde hart, gewann eine Stärke, die fortan dir zuteil wird.

Als würde es für mich nie mehr eine Nacht geben: Da die Zeit, der Raum, die Formen um meinen Körper nicht verwesen wollten, oder zerbröckeln, war alles nur weißes Licht – gleißendes Weiß des Mittags (meine Augen waren jedoch von Anfang an geschlossen).

Nur ein paar Kinder – ich habe kein Zeitgefühl – zwei kleine Jungen und ein Mädchen, haben sich mir im nächsten Morgengrauen, unter dem Schutz der licht werdenden Dunkelheit vorsichtig genähert. Ich hörte das Mädchen leise sprechen, ohne Angst, in einer frischen Unschuld, die einen Hunger in mir weckte, ein naturhaftes Verlangen (eine Feige aufbrechen, Buttermilch trinken, Fruchtfleisch von weißen Trauben, das zwischen deinen weißen Zähnen zerdrückt wird).

Sie rief: »Schau mal! Ihr Gesicht ... Sie schläft. Sie riecht gut!«

Einer der Jungen hat geflüstert, hat das Mädchen weggezogen, das sich mit Lauten des Schmerzes oder des Kummers wehrte. Sie kamen zurück, diesmal auf den Knien rutschend und umkreisten mich ein- oder zweimal, ohne mich zu berühren.

»Ich will die Haare streicheln«, meinte das Mädchen.

»Nein, nein!«, wandte der zweite Junge ein, seine kleine erschrockene Stimme ist in meiner Ohrmuschel liegen geblieben.

Dann verschwanden sie. Die Sonne brannte hart auf meine Stirn. Lange Zeit später fuhren Geländewagen heran und bremsten. Geräusche von Stiefeln, Befehlen oder Beschimpfungen. Wieder Stille, flach wie ein riesiges weiches Leintuch; mein Körper beginnt sich an diesem zweiten Tag zu öffnen. Eine Art Raunen im Innern seines Fleischs sucht, wie es sich mit den Geräuschen des verlassenen Frühlings vermischen kann.

Im Moment des zweiten Sonnenuntergangs lässt die Stimme einer Unbekannten ihr Klagelied erklingen. Sie kommt von dem benachbarten Hof – der auf dem kleinen Hügel hinter einer Rosenhecke liegt. Sie singt ununterbrochen, während der ganzen folgenden Nacht: ein Wiegenlied, das mir Lichtschein wird, sie muss es wissen, diese Stimme, dass mich nicht mehr das Halbdunkel befällt, dass mein Körper jetzt in seinem eigenen Licht bleibt und meine Stimme sich in der Schwebe hält, im Warten auf dich, Mina!

Die von der Unbekannten angestimmte Klage erscheint mir nicht wie ein Totenlied, o nein: Sie ist hüpfend, leicht, manchmal fast schrill, wie Lieder, die ein Willkomm ausdrücken, den Neugeborenen, den kleinen Jungen vor der Beschneidung, oder den furchtsamen Jungfrauen, den Frischvermählten in der ersten Nacht. Ein Wiegenlied bebender Hoffnung, ungewissen Wartens, in dem die verborgenen Tränen hörbar sind, aber nur im Klang der Stimme, wenn sie abbricht. Als wollte die Unbekannte, die in ihrer umstellten Hütte nicht weiß, ob sie mich feiern oder beweinen soll, als wollte die Sängerin zu Ehren meines Körpers, der sich von ihren Schwingungen umgeben lässt, ja als wollte diese Unbekannte, indem sie mich langsam einhüllt, vielleicht mit dem Aufsteigen ihrer reinen

Stimme mich künftig bei den Lebenden ersetzen: an meiner Stelle deine Begleiterin sein bei den kommenden Zaubern, bei deiner sich nähernden Verzauberung, auch bei den Wolken, die auf dich zukommen, während ich dir fehle und nicht mit dir sprechen kann.

Sie singt also für mich, die unbekannte Bäuerin. Sie singt dich. Sie kündigt dich an. Sie webt dich für mich in den blauen Himmel.

Sie sagen »mein Leichnam«. Wenn die Unabhängigkeit kommt, werden sie vielleicht sagen, »mein Standbild«. Als würde man einen Frauenkörper als Statue errichten, als ob nicht, bevor sie ihn einfach draußen aufstellen, gegen den flachen Horizont, Jahrhunderte geknebelten Schweigens vergehen müssten! Für uns Frauen, zumindest hier, in diesem Land.

In der dritten Nacht, so wurde es zumindest überliefert, ist mein Körper verschwunden. War der Grund dafür der Friede, der zu dieser Zeit verweigert wurde, oder ein Kampf, der in diesem Moment begann? Für dich, oder für uns, für dich, für mich und für die Unbekannte, die eine ganze Nacht gesungen hatte, und, da ihr Kopf vor Migräne brummte, den ganzen nächsten Tag schlief und sich nicht um ihre Kinder, ihren Mann und die wieder kindisch gewordene Schwiegermutter kümmerte.

Es war einer der Jungs aus der Höhle, der als heroischer Dieb kam, um mich zu holen. Er trug mich auf seinen Schultern. Ich bin schon schwer und war noch schwerer geworden, nicht wegen der Schmerzen von den Misshandlungen im Zelt, vielmehr als Folge der Stunden in der Sonnenhitze, die mich brodelnd und üppig hatten werden lassen, eine fette Pflanze.

Ich erkannte ihn an seiner Handfläche, als er mich überall befühlte. Du kennst ihn ... Ich muss es jetzt sagen, ich muss es dir erzählen. Erinnere dich, als ich dir einen Monat davor den Boten schickte: »Ich sehne mich nach meinen Kindern«, hatte ich gedrängt, »nach den Kleinen. Ihr könntet sie mir ein paar Tage bringen, einige Nächte ... in die Wälder!«

Der Bote ist eine Woche später ein zweites Mal hinuntergegangen. Da du gesagt hattest, für deinen Bruder sei der Besuch schwierig; wenn die Kinder aus der Umgebung ihn nicht wie gewöhnlich spielen sähen, würden sich die Nachbarn Fragen stellen. Da ließ ich dir ausrichten: »Komm allein und sage, du verbringst eine Woche bei deiner großen Schwester.« Und ich wiederholte, da ich nicht an mich halten konnte: »Ich habe Sehnsucht nach dir!«

Als ich dich am übernächsten Tag empfing, lachtest du, du warst noch jünger als in meiner Erinnerung, noch zerbrechlicher. Du hast dich in meine Arme geschmiegt, hast geprustet vor Lachen wie ein kleines Mädchen. Und ich drückte dich, bis dir die Luft wegblieb. »O meine Jeanne d'Arc!«, rief ich auf Französisch aus, vor den jungen Männern, die uns beobachteten.

Die »Jungs«, so habe ich die Partisanen in meinem Abschnitt immer genannt. Nicht ohne Grund, denn sie waren alle jung: vier waren kaum achtzehn und die anderen um die zwanzig. Einige von ihnen waren Versprengte aus der Gruppe der Studenten, die sich im Sommer 56 nach dem von den Universitätsstudenten ausgelösten Streik den Partisanen angeschlossen hatten. Die andere Hälfte waren fast lauter junge Bauernsöhne, die sich von Verwundungen erholten, nachdem sie in unserem Feldlazarett, zwei Tagesmärsche von hier entfernt, behandelt worden waren. Unter den Genesenden war dieser junge Mann.

Ich erinnere mich an eine Szene kurz bevor du kamst, die sich daraus ergab, dass ich sie alle in meinem Dialekt »Sohn« nannte. Ein etwa fünfzigjähriger Kader kam zur Inspektion, hörte dies und scherzte vor uns allen: »Im Grunde sind in diesem Unterschlupf alle deine Söhne! Selbst ich, wenn ich herkäme ...«

»Sie nennen mich ›Mutter‹, aber ich habe sie nicht darum gebeten!«

Im Gegenteil, hätte ich hinzufügen können. Sie hatten mich ehrwürdiger und älter gemacht. Ich stand an der Spitze von fünfzehn kräftigen, schlanken Männern, darunter zwei oder drei ausnehmend hübsche, muskulöse Jünglinge, und alle senkten sie voll Ehrfurcht die Stirn vor mir, und küssten mir manchmal sogar die Hand auf den Rücken, dann drehten sie sie um und küssten auch die Innenfläche. Mit dieser Ergebenheitsbezeugung riefen sie sich ihre Großmütter und schweigsamen Mütter ins Gedächtnis, die alle irgendwo auf sie warteten.

Sie wiesen mir also eine Rolle zu. Ich sagte nichts. Ich spielte das Spiel nicht mit. Ich habe nie diesen so genannten Familienbräuchen etwas abgewinnen können. Erst jetzt, da ich zu dir spreche, nach dieser Zurschaustellung im Dorf, ist mein Körper voller Fragen an dich, und ich sage mir: »Wozu diese Tage in der Höhle?«

Du hast den Burschen, der mich später weggetragen hat, gekannt. Ganz tief gebeugt, wie zusammengeklappt, mühte er sich im nächtlichen Wald, meinen Körper auf seinem Rücken, der seine Schultern bedeckte, über seine Seiten herunterhing. Ich beschreibe dir diesen Moment, ich schildere dir diesen Männerkörper, der mich wegbrachte. Er hat eine ganze Nacht gesucht, wo er mich begraben könnte. Er biss die Zähne zusammen, atmete schwer, während dieser langen Anstrengung: respektvolle Seufzer eines Sohnes.

Im Zusammenhang mit der Legende, die sie mir einmal widmen werden, sollte man diesen jungen Mann suchen und ihm dankbar, im Namen aller, einen Lorbeerkranz flechten. Nein, doch nicht! Denn wenn es einen Mann gibt, der mir Grenzen setzte, mir die Luft nahm, der mich, wenn auch unwillentlich, verriet, dann war es dieser Bursche! Als du die fünf Nächte mit uns allen im Unterschlupf verbrachtest, ich hielt dich in meinen Armen und du zittertest, du sagtest mir, es sei nicht wegen der Feuchtigkeit, sondern von der bebenden Zärtlichkeit in dir, da war dieser Kämpfer dabei … Du hast ihn vielleicht vergessen.

Ihm allein gelang es, ohne dass er oder die anderen es wollten, mich einzusperren, mich wegzuschließen. Er begrub mich. Es war seine Art zu lieben. Wo doch der Feind unwillkürlich herausgefunden hatte, was zu meinen

Lebensfasern, meinen Muskeln am besten passte: unter freiem Himmel zu verwesen, von den Youyous der Frauen durchdrungen. Er hingegen begrub mich. Nach der Tradition ... Er ehrte mich, gemäß dem Islam!

Ich gestehe dir, noch jetzt leide ich darunter: Er trug mich bestimmt eine ganze Stunde, stöhnend vor Anstrengung, und er tat es aus Liebe! Seine Liebe sollte die eines Sohnes sein, aber etwas Unbestimmtes, ihr innerer Kern, erschreckte ihn, glaube ich.

Er begrub mich vor allem, um dieses Beben zu beschwichtigen, das er während der Nächte gespürt hatte, die du in der Wiege meiner Arme verbrachtest ... Wir beide allein, ganz hinten in der Höhle und all die Söhne, die Jungs. Ein Dutzend von ihnen teilte sich die Wache und hielt sich daher um den Eingang auf.

Ihn, den Leichenträger, den Bestatter der Mutter, hatte ich einige Zeit vor deinem Besuch gepflegt, als er krank war und delirierte. Er brauchte etwa einen Monat, bis er wieder zu Kräften kam und an den Märschen der andern teilnehmen konnte. Ich hatte den Befehl und versprach, ihn bald mit einem Kommando mitzuschicken, wenn Scharmützel drohten. Ich spürte, dass er waghalsig war, aber ich wusste, er war noch zu krank ...

Er glaubte sich geheilt, obwohl er jede Nacht halb schlafwandelnd, vielleicht gab er es auch vor, in der Höhle aufstand, sich mir vorsichtig näherte, im Dunkel seine blinde Hand zu mir ausstreckte und wenn er meinen Händen begegnete, oder stattdessen meine nackten Füße suchte, küsste er sie schweigend, manchmal benetzte er sie auch mit Tränen. Ich erstarrte und ließ versteinert diesen Akt der Anbetung über mich ergehen. Dann ging er ruhig, erschöpft, seinen Platz wieder einzunehmen. Am nächsten Morgen glänzten nur seine Pupillen mehr als die der anderen und als Einziger mied er meinen Blick.

Ich konnte mir seine Verwirrung nur schwer vorstellen. Ich ging ihm aus dem Weg. Als du bei uns warst, umschloss ich dich vor allem mit meinen Armen, mit meiner Brust, um dich vor dieser Zeremonie der Finsternis zu beschützen. Ich blieb lange wach, denn ich wusste, ich würde es nicht ertragen, wenn er uns zu zweit so befühlen würde. Damit es nicht zu diesem Tränenausbruch käme, wollte ich das Nachtlicht anzünden, ihn abwehren oder mit einem Schlag aufwecken.

Aus diesem Willen, dich zu schützen, entstand wohl meine Sorge um dich. Eines Nachts weinte ich, du schliefst und regtest dich in meinen Armen und ich dachte bei mir: »Ich werde nicht alt. Und sie wird ohne meinen Schutz zur Frau werden, dabei ist dieses Land für jede empfindliche Mädchenseele voller grausamer Schakale!«

In einer Nacht hörte ich, wie jener junge Mann aufstand und um sich tastete. Ich zündete plötzlich das Licht an. Die Jungs schreckten sofort auf, einer hatte seine Waffe gezückt. »Was ist los?«, fragte der am Eingang Stehende, während seine Silhouette im engen Durchgang erschien.

Der Schlafwandler rührte sich nicht, seine Augen waren weit aufgerissen, sein Gesicht eine lang gezogene Maske.

»Nichts«, sagte ich, »er ist Schlafwandler!«

Ich erinnere mich, wie der Wächter misstrauisch herkam und in deine Richtung schaute, meine Tochter, du warst wach, aber fröhlich. Er wollte etwas sagen, besorgt, Verdacht schöpfend. Aber ich machte der Szene ein Ende:

»Geht alle schlafen! Ich sagte doch, es ist nichts!«

Und blies die Kerze aus.

Vierzehn oder zwanzig Tage später suchte er im Mondlicht eine Lichtung aus, die ich noch nicht kannte, um mich voller Sorgfalt zu begraben. Als er die Arbeit mit schmerzendem Rücken beendet hatte, fühlte er sich plötzlich sehr erleichtert. Er verschwand im Wald, eine sich immer höher aufrichtende Gestalt.

Diese Lichtung, mein Liebling, wirst du nie finden. Es ist nicht von Bedeutung. Auf dem Dorfplatz, während die Stimme der Unbekannten unermüdlich singt, während mein Körper verfault, mit offenen Augen, erwarte ich dich.

Epilog

Fern von Algier, Nest entschwundener Korsaren
Meine Stadt der Schmerzen, Caesarea!
Die Vögel deiner Mosaiken
Schweben am Himmel meiner Tränen

Die »Besucherin«, die »Geladene«, die »Fremde« oder
manchmal auch die »Fremde, die gar nicht so fremd ist« –
bezogen sich all diese Vokabeln auf mich?

1956 und 1957 stand Zoulikha wirklich im Zentrum:
nicht nur des Kampfs um Caesarea, sondern auch im
Zentrum einer Organisation, die aufrechterhalten, von
Verbindungen, die hergestellt werden mussten, zwischen
den Bergen – mit ihren Partisanen – und den nur halb
beteiligten Stadtbewohnern, die säumten, zitterten, vorsichtig blieben, aber auch große Hoffnungen hatten, denn
sie sahen die Zukunft vor sich mit ihren Stürmen und Erd-
beben.

Mit zweiundvierzig Jahren hatte Zoulikha ihren dritten Ehemann bei den Partisanen verloren und sah sich
gezwungen, ihre beiden noch kleinen Kinder im Haus der
alten El-Qsiba-Straße zurückzulassen. Gleichwohl wohnt
Zoulikha noch heute im Herzen der antiken Stadt. Nach
ihrer Verhaftung und Folterung wurde sie vermisst gemel-

det. Davor hatte sie vor allen eine aufwühlende Rede gehalten, mit der sie, wie mir scheint, sich in die Lüfte erhob ... Wie eine Vogel-Frau in dem Mosaik der Stadt, erscheint sie ihren Mitbürgern heute halb ausgelöscht zu sein. Doch ihr Lied ist geblieben.

Ich bin nur zurückgekehrt, um dies weiterzugeben. Ich nehme in meiner Heimatstadt ihre Worte auf und ihr Schweigen, ihren Kampf mit seinen Etappen des Abwartens und der wütenden Aktivität ... Ich höre sie und finde mich fast in der gleichen Lage wie Odysseus, der Reisende, der sich nicht die Ohren mit Wachs verstopfte. Er suchte und scheute die Grenzlinie zum Tod, er wollte zuhören und den Gesang der Sirene nie mehr vergessen. Zoulikha würde lachen und spotten, wenn man ihr von dem Vergleich mit den Sirenen des großen Homer berichtete.

In meiner Stadt leben die Leute fast alle mit Wachs in den Ohren: um den Nachhall nicht zu hören, der vom gestrigen Feuer geblieben ist. Um sich ungestört ihrem ruhigen kleinen Leben zu überlassen, haben sie das Vergessen gewählt.

Antike Stadt, mein Caesarea! Wer würde denken, dass diese rötlichen Steine, angefangen bei den beiden Aquädukten, dem Amphitheater, der Arena, den Thermen bis zum Leuchtturm, einem vor dem abgestürzten Ufer aufgerichteten Zeigefinger – dass nur diese Steine das Gedächtnis bewahren! Selbst wenn sie (zumindest jene, die den zahlreichen Zerstörungen standgehalten haben, angefangen mit der unter dem schrecklichen Firmin, dem Numiden, im 4. Jahrhundert, dann unter den Vandalen, hundertfünfzig Jahre später) im Museum ausgestellt sind, das kaum je ein Tourist besucht.

Caesarea mit ihrer zweitausendjährigen Geschichte – sie könnte fast mit Cirta-la-haute oder Karthago, der wiedererrichteten, konkurrieren –, ist die Stadt, in der ich als Baby kroch, als Kleinkind stammelte und umherwackelte, später gerne Seilspringen übte, in einem bescheidenen Innenhof, ganz nah an dem von Zoulikha. Caesarea von Mauretanien, das frühere Iol, ein Name von Wind und Gewitter, wurde später ein Korsarennest und die Zuflucht verbannter Andalusier, dann Stadt für die »Abgeschobenen« der verschiedenen Machthaber in Algier, die französische Kolonialmacht eingeschlossen – heute sehe ich meine »Hauptstadt der Schmerzen« genau umgekehrt ... Nur die Steine sind ihr lebendes Gedächtnis, während die Ruinen im Geist ihrer Bewohner zerfallen.

Warum diese Feststellung, nachdem das Leben – die »Leidensgeschichte« – Zoulikhas wachgerufen wurde?

Das frühere kleine Mädchen aus der Stadt war nur für ein paar Tage aus dem Exil zurückgekehrt, ja, eindeutig eine »gar nicht so fremde Fremde«. Nachdem ich Mina und Hania, Madame Lionne, Zohra Oudai auf den Hügeln über der Stadt angehört hatte (wie lange haben diese beiden alten Damen noch zu leben?), bin ich wirklich zurückgekehrt.

Zurückgekehrt? Nicht auf die gleiche Weise wie 1975 (»dreizehn Jahre nach der Unabhängigkeit!«, warf mir

Mina damals schon vor), nicht 1981, als ich endlich daranging, die mir überlieferten Erinnerungen auf einer einzigen Gebetsschnur aufzureihen – schon damals stellte ich mir ein Oratorium schwebender Stimmen vor. Nein! Ich muss gestehen, ich kehre nochmals zwanzig Jahre später in meine Heimatstadt zurück. Sodass ich mich nicht einmal getraue, zu Mina hinzugehen (mit ihrer Stimme und Erinnerungen, die ihr wie Stacheln im Herz stecken); ich riskiere es nicht einmal, meinen Onkel mütterlicherseits zu bitten (»der älteste Notar des Landes, aber immer noch aktiv!«), ich wage auch nicht, seine Frau zu fragen, die auch schon alt ist, aber sich immer noch gut in der Welt der Frauen auskennt; ich wende mich nicht einmal an die Cousinen (Mütter mit schon erwachsenen Kindern), um ihnen gegenüber die Frage (laut) auszusprechen: »Madame Lionne, Lla Lbia ist doch noch am Leben, hoffe ich?«

Nein, mir fehlt der Mut dazu. Zohra Oudai hat sich bestimmt ihre Art bewahrt, verächtlich den Kopf zu schütteln, mit einem unüberwindlichen Pessimismus, wenn von den Bewohnern Caesareas die Rede ist. Ich will jedoch nicht hören müssen, dass sie, was sehr wahrscheinlich ist, sich inzwischen zu ihren Söhnen begeben hat, die während des Unabhängigkeitskriegs gefallen sind.

Ich entdecke den Raum meiner Kindheit wieder, als »Zuhörerin«, offenbar bleibt mir nichts übrig, als erneut das eigenartige Mosaik im Museum zu betrachten: die drei Vogel-Frauen. Mit der Doppelflöte und der Harfe spielen sie immer noch Musik für den auf dem Schiff gefesselten Odysseus.

So spät also kehre ich zurück und beschließe nun endlich, diese Geschichte zu erzählen! Die Verzögerung beunruhigt mich, verwirrt mich, bereitet mir Schuldgefühle. Als trennte sich meine Geburtsstadt von etwas. Von meinem Vergessen? Ich beginne nur langsam zu begreifen: weil ich mich fröhlich dazu entschlossen habe, heimzukehren – die Belombra-Bäume auf dem Platz zu bewundern, zwei oder drei Tage in der kleinen Stadt meines Vaters, dessen Vaters, meiner Mutter und ihrer Mutter zu verbringen, meine Augen mit dem Blick auf die Kämme des Dahra-Gebirges über dem Mittelmeer zu füllen, mich davon zu überzeugen, dass der jahrtausendealte Leuchtturm immer noch unbeschadet dasteht, dass die Ruinen des römischen Amphitheaters inmitten des alten arabischen Viertels noch immer bröckeln. In dieser bleibenden Umgebung von Steinen und Geschichte beginne ich wahrzunehmen, wie sehr die Menschen hier, gestandene Männer und untätige Jugendliche, sich selbst vergessen, sodass man sie besser vergisst.

Sie sind noch immer da, Schatten, die sich kaum bewegen; sie geistern durch diese Stadt, deren Majestät für sie zu erhaben ist, da sie von und für gelehrte Fürsten geschaffen wurde – ja, ich sehe sie als Schatten schweben, die den verlorenen Gesang nicht hören … Nichts, nicht einmal die Stimme der Irren, der Verzweifelten oder der Rasenden, die heutzutage diese alles überragenden Berge als Kampfplatz benutzen. Die ruhigen Städter langweilen sich in den Straßen und auf den Plätzen der Stadt und können nur zurückzucken vor solchen Anfällen der Gewalt.

Da ich beschlossen habe, heimzukehren, zwanzig Jahre später, zwanzig Jahre zu spät, um die Geschichte von einst wieder aufleben zu lassen, wie sie in Zoulikhas Worten, in ihrer Stimme, der luftigen Gegenwart Zoulikhas skandiert würde, was haben da diese Gewalttätigen zu bedeuten, die bedrohlich auftauchen? Die töten, vergewaltigen und zerstören, ein neuer Firmin oder wilde Vandalen, die aus der entferntesten Vergangenheit wieder auferstehen!

Was bedeuten die anderen, fast alle anderen, die in der Stadt bleiben? Männer und Frauen mit ihren Familien, umringt von ihren Sprösslingen, die auf die Straßen von Caesarea, Algier und den anderen beengten Städten ausschwärmen, die sich treiben lassen, ohne zu wissen, wohin, mürrisch und ratlos – die vor dem Fernseher hängen, die sich in den Bars der »schönen Hotels« drängen, wie sie sagen, der Lokale im Blockhaus-Stil, der scheußlichen »Palaces« (nicht in dem nun bescheidenen Caesarea, aber anderswo, in Algier). Söhne der Reichen, wie alle anderen, eigentlich meine gewöhnlichen Mitbürger?

Sie hätten am liebsten, dass nichts geschehen wäre, oder beinah geschehen wäre … Dass es nicht, zumindest die letzten zehn Jahre, das Blutvergießen gegeben hätte.

Aber dieses Blutvergießen wurde, im letzten Frühjahr, nicht weit entfernt, unter anderen Vorzeichen fortgesetzt, verwandelt in das Feuer eines anderen Zorns.

Glücklicherweise bleiben einige wachsam: Sie sehen noch, um sie herum werden tausende Unschuldiger vermisst gemeldet, auch sie ohne Bestattung.

Genau wie Zoulikha, deren Grab im Wald Hania gesucht hat, bleiben noch so viele andere Opfer unsichtbar im Schatten, in der Verlorenheit, im Grauen.

Die Menge in Algier und fast ebenso in Caesarea treibt im grauen Fluss der Zeit. Sie bedeutet dir (denn du bereitest dich auf die Heimkehr vor, nicht wahr, um dem Leichnam deines Vaters näher zu sein, der inzwischen gestorben ist): Vergiss wie wir, tu als ob nichts geschehen wäre ... Wir tragen nun einmal, wie so viele andere Völker, unsere Schande, unsere Brandmale auf der Stirn, Schmutz auf dem Gesicht! Na und, wir sind ganz gewöhnlich, wie viele andere Nationen, die Wirren und Bürgerkriege nicht vermeiden konnten: Etwa jene Nation mit ihrer Bartholomäusnacht, oder, noch näher an unserer Zeit, der blutigen Woche im Mai 1871, bei der Zerschlagung der Pariser Kommune (in der Stadt, die du gewählt hast) – die Liste ließe sich verlängern mit vielen inneren Konflikten bei unseren Nachbarländern, angefangen mit Spanien, unserem früheren Andalusien!

Wir haben jetzt selbst auch, und zwar hausgemachte, Folterer, Sklaventreiber, bewaffnete Gesellen, die mit echten Kugeln auf protestierende Jugendliche schießen, heute, in unserem Bagno von Algier, das wir früher, das weißt du doch, vor vier oder fünf Jahrhunderten, unsere »Bäder von Algier« nannten! Jetzt sind sie wieder da, blutiger, modern eben.

Was die Rückkehr der verlorenen Tochter betrifft ... Deine Begegnung mit Zoulikha, die lebt, aber nur für dich und ihre beiden Töchter ... Drüben stehen in jeder Stadt – sei sie klein oder groß, antik oder modern – neue Zoulikhas auf. In jedem Ort, in dem sich Angst und Abwarten, Mut und, leider, heimliches, wütendes Verbrechen vermischen, leuchtet eine Gestalt in der Tragödie auf, schlaglichtartig, in einer einzigen Nacht oder ein ganzes Jahr, in unserem leeren Raum.

Um jenen Moment geht es dir, du suchst nach dem wahren Grund, warum deine Geschichte unvollendet in der Schwebe geblieben ist ... schon vor zwanzig Jahren. Obwohl es schon damals zu spät war.

Mein Schreiben, nur mit den Worten des Zuhörens, ist mir unter den Fingern weggeglitten, hat sich verzögert, aufgeschoben, obwohl es schon lange gegliedert war. Ich denke an den griechischen Helden, der trotz der Umstände, aber allein, die Musikerinnen anhören wollte, sich dazu an den Mast seines Schiffes fesseln lassen musste. Das Schiff legt ab, entfernt sich wieder.

Doch ich entferne mich nicht, ich kann mich nicht festbinden lassen. Nein! Das Bild Zoulikhas im Mosaik verblasst. Aber ihre Stimme bleibt als ein lebender Hauch. Es ist kein Zauber, sondern die bloße Wahrheit, sie leuchtet so rein wie der Marmor einer Göttinnenstatue, die aus den Ruinen geborgen wird, oder die verborgen bleibt.

Und du?

Wann werde ich endlich wirklich heimkehren, um den Weg zum höchsten Punkt von Caesarea hinaufzusteigen? Da, wo unter hundert Schichten von Dunkelheit mein Vater ruht, mit offenen Augen.

Juni 1981, Paris
September 2001, New York

Inhalt

Die Übersetzerin

Beate Thill wurde 1952 in Baden-Baden geboren und wuchs zweisprachig, nämlich französisch und deutsch, auf. Nach dem Studium der Anglistik und Geografie arbeitete sie als Redakteurin, seit 1983 ist sie als freischaffende literarische Übersetzerin und Dolmetscherin bei Filmfestivals, Funk und Fernsehen tätig.